Ediciones

# BEA WYC

# Lady Pearl,
### a la caza del Duque de
# Cambridge

# Índice

# Sinopsis

Pearl era una joven muy peculiar, muy mimada por su padre y protegida por sus hermanos. Era muy romántica y soñaba con su príncipe azul, así que cuando escucha a escondidas una conversación entre su padre y su madrina sobre su futuro, lejos de sentirse enojada empaca sus maletas y va detrás del hombre que espera sea su caballero andante de impecable armadura.

Osbert Ponsoby séptimo duque de Cambridge, se habia retirado a su castillo al norte de Inglaterra a lamer sus heridas, un accidente terrible donde su madre habia perdido la vida le cambio su destino, convirtiéndole en hombre huraño y solitario que se negaba a retornar a la vida pública. Cuando su tía entrometida llega con esa pequeña joven que no podía estar tranquila ni por un segundo, su vida da un i giro inesperado, obligándole a enfrentar su pasado.

¿Podrá Pearl derrumbar las murallas y rescatar a su príncipe?

¿Podrá Osbert olvidar su pasado y sobreponerse a sus heridas?

# Capítulo 1

*Castillo de Bamburgh, Inglaterra, 1827*

El silencio era insoportable, ¿cuántos años habían pasado ya? «Creo que ocho», pensó mirando distraído el libro de contabilidad que le había dejado uno de sus cinco administradores. Las velas eran el único medio para alumbrarse en aquella habitación en la que permanecía la mayor parte del día, aunque el castillo contaba con lampareras de candil; allí, en su morada de trabajo, estaban prohibidas, al igual que los espejos, no había dejado ni uno en aquel inmenso caserón. Su mano, desfigurada a causa de graves quemaduras, se deslizó distraída sobre el suave pelaje marrón de su fiel amigo King, su perro setter inglés.

—El viento azota con ganas esta noche, amigo, el invierno se acerca —le dijo al perro, quien se acomodó a sus pies buscando calor—. ¿Para qué me sirve tanto dinero si no puedo salir de este castillo? Se ha convertido en mi prisión —continuó hablándole al perro, mientras llevaba su mano a su rostro, palpaba su mejilla izquierda y cerraba con fuerza los ojos al sentir la piel deforme en el área cercana a la oreja. A pesar de todo, lo que más le dolía hasta los huesos era que su desventura hubiese sido causada por su propio hermano. ¿Cómo pudo ser tan ciego? ¿Cómo no pudo ver la maldad en sus ojos? La envidia, la avaricia, el deseo de quedarse con su título. «Ser un monstruo, una bestia no dolería tanto como haber sido traicionado por mi propia sangre. Yo hubiese dado mi vida por él», meditó con una profunda tristeza.

—Estoy vencido, amigo, esperando la misericordia de Dios, que se apiade de mi alma y me deje descansar en paz —volvió a hablarle a su perro mientras se recostaba en la amplia butaca y cerraba los ojos buscando un poco de descanso, los días se mezclaban con las noches en aquella oscuridad impuesta, necesaria.

Unas de las ventanas se abrió con fuerza y golpeó contra una pared dejando entrar el fuerte viento, abrió los ojos y sintió el deseo de salir a caminar por la orilla de la playa, el castillo había sido edificado en una saliente de basalto.

Se puso de pie y a su pesar sonrió cuando King le siguió de cerca, salió de la biblioteca atravesando el largo pasillo desierto. La servidumbre tenía estrictas órdenes de no deambular por el ala norte, que era donde se encontraba su habitación, el castillo constaba de cuatro pisos, pero él mantenía uno de ellos cerrado, habían sido las habitaciones de invitados cuando el castillo recibía a la aristocracia londinense y a los miembros de la corte. Todo eso había quedado atrás la trágica noche en que su hermano, en un arrebato de locura, le incendió con una lámpara de gas su ropa, su madre murió tratando de salvarle. Mientras bajaba las escalinatas, su piel se erizaba ante tan horripilantes recuerdos, todo su mundo quedó hecho cenizas.

—Señor. —El lacayo apostado en la puerta doble de roble hizo la inflexión de rigor abriendo la puerta.

Osbert Ponsoby, séptimo duque de Cambridge, se adentró en la fría noche sin abrigo, su camisa de seda negra abierta dejaba ver su ancho pecho, el fuego solo había afectado su mejilla y su mano izquierda, su madre se había arrojado sobre su cuerpo en llamas y había logrado aminorar los daños. Ella, sin embargo, no sobrevivió, ni su hermano que, en su intención de escapar para no ser acusado de su infamia, había resbalado y había caído por las escalinatas del castillo y un golpe en la cabeza le había dado muerte.

Osbert bajó la pequeña colina que lo llevaba a la playa, se acercaba un barco a lo lejos, seguramente, era el cargamento de whisky escocés que estaba esperando para enviar a Londres. Se adentró por la escasa arena mientras el viento levantaba su larga cabellera negra que llegaba a la mitad de su espalda, había dejado de recortarlo, lo utilizaba para tapar un poco el destrozo de su rostro desfigurado. Era un hombre alto, elegante, con un cuerpo fibroso, pero no corpulento. Mantenía su afición por la esgrima, tenía la suerte de contar con el marqués de Wessex, quien siempre aprovechaba cuando estaba cerca con uno de sus barcos para venir a retarle.

Sus ojos verdes se entrecerraron al recordar a Halcón, nombre que había adoptado para capitanear los barcos a su cargo. «No soy el único que huye», pensó con tristeza.

—Debiste quedarte a los pies de la chimenea —le habló al perro, que se mantenía a su lado sin quejarse del fuerte viento—. Esta noche me atacan los recuerdos; hoy, viejo amigo, cumplo treinta y ocho años. Debería estar casado y con hijos. Al contrario de mis amigos de juventud, yo sí anhelaba una familia, mimarlos, disfrutar de ellos; sin embargo, como ves, solo estamos tú y yo.

King gimió al lado de su amo, sintiendo la tristeza tan honda de sus palabras, restregó su cabeza en la pierna de Osbert dejándole sentir su cariño leal y sincero.

—Te quiero, amigo, si no hubiese sido por ti, esta soledad me hubiese matado.

Continuaron su caminata con el arrullo de las olas, el mar estaba embravecido, solo una persona como él, atormentada y necesitada de sentir el frío de la noche, se arriesgaba a caminar en la oscuridad por aquella playa que estaba llena de leyendas de corsarios, vikingos y hasta piratas. Amaba el castillo de Bamburgh era su hogar. Él había nacido allí y esperaba morir entre aquellas gruesas paredes.manifestado en muchas ocasiones que no desea

Lady Pearl Exeter estaba escondida debajo de la gran mesa de roble que estaba en el lado izquierdo de la enorme biblioteca donde su padre, el conde de Exeter, pasaba la mayoría de las horas cuando estaba en su hogar. Estaba agazapada tratando de escuchar la conversación entre su madrina y su padre.

Ser pequeña y delgada tenía sus conveniencias, especialmente, cuando se quería escabullir de la protección extrema a la que siempre había sido sometida. Como era hija única, y para desgracia algo delicada de salud, siempre pensaban que se rompería al menor esfuerzo. Sin embargo, ella era tenaz, pequeña pero tenaz y tenía un enorme corazón, le gustaba ayudar a los más desprotegidos y tenía mucha debilidad por los animales. Sacó nuevamente su pequeña carita llena de pecas y trató de mirar por la estrecha rendija que separaba la mesa de la pared, desde allí podía ver claramente a su madrina.

—No perderíamos nada con intentarlo —trató de razonar la regordeta mujer con su primo—. Pearl te ha manifestado en muchas ocasiones que no desea participar de la próxima temporada.

—Pearl acaba de cumplir diecinueve años, no me importa si no escoge un marido, pero sí deseo que disfrute de la temporada como cualquier joven de su posición social —respondió categórico.

—Estoy de acuerdo contigo, al igual que tú, quiero el bienestar para mi ahijada, pero compréndeme, Howard, Osbert es el único sobrino que me queda, no me puedes culpar por querer emparejarle con Pearl, a la que quiero como si fuese una hija. —Alice le miró suplicante.

—Tu sobrino lleva demasiado tiempo retirado de la vida social, ¿qué te hace pensar que le gustaría casarse? —le preguntó exasperado, dejándole ver que sus planes no eran de su agrado—. Y lo más importante, ¿crees que Pearl sería de su agrado?

Alice asintió comprendiendo sus temores, la verdad era que sus planes dependían de un verdadero milagro, pero tenía una corazonada, un pálpito que le decía que, a pesar de lo descabellado de unir a dos seres tan diferentes como lo eran su ahijada y su sobrino, tal vez esa diferencia sería la que los uniera, Osbert vivía en la oscuridad, mientras Pearl era una luz cegadora que a todos hacía cerrar los ojos ante su presencia tan brillante.

—Estoy segura de que ha descartado el matrimonio, después de la tragedia de la muerte de mi cuñada y mi sobrino, se aisló por completo —explicó tomando otro dulce de la bandeja que tenía frente a ella mientras el conde la miraba sorprendido de lo rápido que se estaba acabando los dulces—. Osbert no desea a nadie a su lado, y una joven sin pizca de personalidad no podrá llegar hasta él —le aseguró.

—Entonces no veo la razón a vuestra propuesta si estás segura de que ha descartado el matrimonio —dijo arrebatándole un dulce antes de que se lo comiera, lo que causó el gruñido de la mujer—. Deseo un cortejo tradicional para mi hija, Alice, y eso no es negociable.

—Yo también quiero lo mismo, no me malinterpretes, sé perfectamente que Osbert ha descartado el matrimonio, pero si hay alguien que puede hacerlo cambiar de idea, esa es Pearl, es la única que con su dulzura y picardía podría obligarle a replantearse su vida, por lo menos esa es mi esperanza, puede que ocurra un milagro y ambos queden eclipsados por el amor. —Alice sonrió soñadora, sus mejillas rosadas y regordetas se colorearon más ante los románticos pensamientos.

Howard la observó en silencio sopesando las palabras de su prima, entendía la preocupación de Alice por su sobrino, la verdad, él también lamentaba la tragedia que lo había alejado de Londres, siempre había sido un caballero con una reputación intachable, si había tenido sus aventuras había sabido ser discreto. Como candidato para un matrimonio para su hija era más que un buen partido, pero Pearl era su niña mimada, había volcado en ella todo su cariño al morir su esposa, se sentía responsable por la felicidad de su hija y darla en matrimonio a un hombre que estaba visiblemente amargado no era una opción.

—Alice, vuestro sobrino está desfigurado y renegando de su suerte, han pasado muchos años desde la última vez que se dejó ver en público, no deseo una persona amargada para mi única hija. Has descrito muy bien a mi princesa, ella es la luz de esta casa, quiero verla sonreír por siempre —le recordó, haciéndole señas a la doncella para que pusiera más dulces en la bandeja, al igual que para Alice, los dulces eran su perdición.

—Lo sé, pero es solo parte de su mejilla y su mano. Mi cuñada, la pobre pudo apagar el fuego de su ropa con su propio cuerpo. Además, Pearl seguramente no se fijará en esa simpleza, ella es un alma caritativa. Mi sobrino necesita un ángel en su vida —aseguró con confianza, sonriendo a la doncella cuando les puso más de los deliciosos dulces para acompañar el té—. Además, no pienso interferir, solo deseo que se conozcan y solo puede ser en el castillo de Bamburgh, estarán solos, sin el ojo curioso de la sociedad sobre ellos, te prometo que si para el comienzo de temporada no ha ocurrido ese milagro, regresaremos a Londres y ella será presentada con las demás debutantes en el baile de apertura en Almacks.

Pearl abrió sus hermosos ojos verdes al escuchar la conversación. «Pobre hombre», pensó mientras la boca se le hacía agua al verlos comer, debió tomar algo de la cocina antes de ponerse a espiar a su madrina, había sospechado que se traía algo entre manos desde que había llegado; la quería mucho, pero no había mujer más empalagosa y gustosa de cotilleos. Todavía le apretaba las mejillas como si fuese una niña, ella podía entender que por su estatura la pudiesen confundir, pero gracias a Dios le habían crecido sus pechos a un tamaño atrayente para los caballeros, lo había comprobado con los amigos lujuriosos de sus hermanos, «unos bribones de cuidado», pensó mientras apretaba más su pequeña nariz por la rendija para seguir escuchando la interesante conversación.

—No estoy seguro, Alice, le prometí a mi esposa en su lecho de muerte proteger a nuestra hija, y mi palabra se cumple —sentenció limpiando su boca con una servilleta.

—Te prometo que no influenciaré a mi ahijada —dijo tomando dos dulces más que colocó en una servilleta sobre su amplia falda, degustar dulces con su primo Howard siempre había sido un suplicio, debía atragantarse con ellos o de lo contrario la dejaba sin nada—. Aunque debo ser honesta, Osbert es un hombre alto y, que yo recuerde, sus conquistas eran damas altas, no estoy segura de si la estatura de Pearl será un impedimento —le dijo entrecerrando los ojos, preocupada por ese detalle.

—¡Madrina! —Pearl salió de debajo de la mesa dejándoles con la boca abierta —Soy pequeña, pero estoy muy bien proporcionada. —Se acercó furiosa mirándose los pechos.

—¡Hija! —la amonestó su padre poniéndose rojo ante el descarado comentario de su hija, le había permitido demasiadas libertades, Sterling, su hijo mayor estaba en lo cierto, la había echado a perder.

—Lo siento, padre, la madrina es muy injusta. —Agarró un dulce de miel.

—¿Escuchaste? —preguntó Alice preocupada.

—¿Cuántos años tiene? —preguntó curiosa mientras suspiraba de placer al sentir la miel en sus labios.

—Ayer cumplió treinta y ocho años —contestó intercambiando miradas con Howard.

—Padre, ¿cuántos años se llevaba usted con madre? —Howard se llevó la mano a la frente.

—Eran muchos…

—Veinte años, primo. Le llevabas veinte años a la difunta —respondió Alice incomodando a Howard.

—Y se murió primero —repuso Pearl sirviéndose otro de los deliciosos dulces mientras le hacía señas a la doncella para que le sirviera una taza de té. Si iba a discutir su futuro, tenía que hacerlo con el estómago lleno.

—¿A qué viene eso? —preguntó su madrina con suspicacia.

—A que la edad, madrina, no debe importar cuando hay amor de por medio —dijo suspirando, haciendo que su padre pusiera los ojos en blanco; su hija era una romántica empedernida y él tenía la culpa al permitirle leer esas novelas de Jane Austen, era incapaz de negarle nada a su princesa.

—Hábleme de vuestro sobrino, madrina. —Se sentó al lado de su padre mirándola con interés—. Me imagino que se siente incómodo ante las quemaduras de su rostro y mano, es muy comprensible que no frecuente los salones de baile, la gente puede ser muy entrometida.

Alice se arrebujó más en la butaca, buscando las palabras correctas para describir a su sobrino predilecto. Mientras, Pearl compartía el dulce con su padre, quien aceptó de buen grado el pedacito que su hija le puso en la boca.

—Siempre fue un muchacho aplicado, mi hermano lo educó para que fuese un gran duque, era muy respetado. Ni siquiera yo pude ver la envidia en mi otro sobrino hasta que fue muy tarde. Esa noche, Osbert le reclamó unos pagarés de un club de juegos, la discusión se escuchaba por todo el castillo. Me acerqué para tratar de mediar entre ellos, pero, justo al llegar, su hermano le estaba arrojando el candil sobre su pecho, mi cuñada reaccionó de inmediato arrojándose sobre Osbert. Lo que pasó después ni yo misma lo recuerdo, solo sé que mi otro sobrino cayó por las escaleras y se desnucó, y mi cuñada, al ser tan débil de salud, no logró recuperarse, murió una semana después. A veces pienso que se dejó morir para no enfrentar la dura realidad de que su hijo favorito había tratado de asesinar al heredero al título, el monarca le hubiese enviado a la horca. — Howard asintió dándole la razón, Jorge podía ser un patán y un mujeriego, pero era muy estricto en cuanto a la sucesión que componían las casas aristocráticas.

—¡Qué triste…! Amo a mis hermanos, aunque Dios sabe que muchas veces desearía ser hija única —suspiró tomando un pequeño sorbo de té.

—¡Pearl! —la regañó su padre.

—Padre, son insufribles —respondió levantando una de sus rojizas cejas—. Madrina, continúe.

—No hay mucho más que decir, querida, mi sobrino cerró el castillo a visitas y se niega a regresar a Londres. Sin embargo, ha triplicado la fortuna del ducado, es un buen señor. ¡Oh, Pearl, sería tan magnífico que te enamoraras de él y lo regresaras a la vida! —exclamó esperanzada la mujer mientras iba a coger otro dulce y Howard se adelantaba para arrebatárselo.

Pearl se quedó pensativa, sus delicados dedos tamborileaban el brazo de la butaca. Su padre intercambió miradas misteriosas con su prima, conocían a la joven, y estaba interesada en conocer al duque.

—¿Cree que no le será sospechoso que llegue con su ahijada al castillo? —preguntó entrecerrando la mirada.

—Puede que sí, pero es un caballero y no se atreverá a contradecirme —le aseguró.

—¿Sus quemaduras son difíciles de mirar? Lo pregunto para poder prepararme, para nada quiero ofenderle con un gesto de sorpresa o lástima, estoy segura de que no quiere que se le mire con ese sentimiento —dijo muy segura, ocasionando que su madrina mirase a su padre con una pequeña sonrisa en los labios.

—Sé que la quemadura recorre parte de la mejilla, pero no llegó a lastimar su ojo, más bien es el área cerca de su oreja, está oculta por su cabello, pero su mano está destrozada, no es visible porque el lleva siempre un guante, un día entré a buscarle a la biblioteca y no lo llevaba puesto: está muy quemada, debe sufrir fuertes dolores —contestó compungida.

—Pearl, debes pensarlo muy bien, si logras entrar al corazón del duque de Cambridge, ya no podrías dar marcha atrás, sería cruel —le advirtió su padre.

—Solo quiero que le conozcas, jamás te pediría más, no te niego que me gustaría que surgiera el amor entre los dos, porque los quiero a ambos como si fuesen mis hijos, pero debes conocerle primero, querida, es un hombre mucho mayor que tú. Como dice vuestro padre, tiene heridas internas que podrían ser mucho más graves que las quemaduras de su rostro, no deseo que te sientas obligada a nada, no será tarea fácil convencer a mi sobrino de casarse y tener hijos —dijo Alice honesta, haciendo sonreír con afecto a Pearl.

—Si no hay amor, mi hija no se casa, esa es mi condición para dar mi consentimiento a ese matrimonio —le respondió el conde con seriedad—, y varios nietos, si son niñas, mejor —sonrió afectuoso mirando a Pearl, quien le guiñó un ojo.

—Tendré que conocerle primero, padre, la madrina tiene razón, si me llega a interesar, no será nada fácil llegar hasta él, lo más que me gusta de todo este plan es que no tendría que presentarme en Almacks...

—No entiendo vuestro miedo, ahijada, eres una belleza —la reprendió Alice con afecto.

—Me parece humillante tener que ir a veladas para que los caballeros escojan entre todas —respondió malhumorada.

—Se ha hecho por siglos, querida…, y en otras ocasiones te enteras de quién es vuestro marido el día de la boda, muchas fueron desposadas de esa manera —le aseguró, como si ese detalle no tuviese ninguna importancia.

—Vuestra madrina tiene razón, tienes la oportunidad de escoger, pocas tienen ese privilegio —respondió Howard con seriedad.

Pearl sabía lo que su padre quería decir, había tenido compañeras en la escuela de señoritas que ya estaban prometidas en matrimonio desde la cuna, y no podían objetar la decisión de sus padres. Se le erizó la piel ante el pensamiento dando gracias a Dios por la suerte de tener a su padre.

—¿Qué tiene pensado, madrina? —preguntó dejando esos pensamientos lúgubres atrás, concentrándose en su madrina; sus ojos verdes centellaban de emoción, no había nada que entusiasmara más a Pearl que la aventura.

—Verás, querida, una vez al año visito a mi sobrino en su castillo… Aunque no hablamos mucho, me gusta que sepa que estoy allí, me gustaría que pasáramos la Navidad en el castillo de Bamburgh, de esa manera le conocerías, si no logras sacarle de su cueva, regresamos a Londres justo a tiempo para participar de la próxima temporada, estaríamos unos cuatro meses —dijo la mujer, entusiasmada de que su ahijada estuviese interesada en darle una oportunidad a su sobrino.

—Alice, envíame una carta cercana a Navidad, tal vez podría ayudar si los acompaño. —En realidad, Howard se hubiese ido con ellas, pero tenía compromisos ineludibles que no podía postergar con su hijo menor en un viaje de negocios a Oriente.

—Por supuesto, primo, esperemos que para Navidad Osbert esté encandilado por la princesa de la casa.

—¿Cómo es? —preguntó con una mirada pícara que hizo bufar a su padre.

—Alto, de cabellera negra, demasiado larga para mi gusto, pero sospecho la ha dejado así para cubrir su piel, ojos verdes y pestañas largas, es muy guapo.

—Un adonis chamuscado —intervino Howard ganando malas miradas de las dos mujeres. «Hay que ver que las damas son tan fantasiosas», pensó suspirando.

—¿Cuándo partiremos? —Su voz dejaba ver su entusiasmo.

—Deberíamos partir cuanto antes, el castillo está muy al norte y pronto la nieve nos hará difícil la travesía. Tardaremos unos cuatro días en llegar —le dijo Alice.

—Entonces iré a la modista, necesito unos abrigos. —Se puso de pie llevándose la mano a la frente, tratando de poner en orden sus pensamientos.

—¿Pearl? —Howard la miró alarmado, conocía esa mirada, su difunta mujer era igual. «Es mi hija y la adoro, pero pobre hombre si ella logra entrar y derrumbar sus murallas», pensó.

—No se preocupe, padre, el duque de Cambridge necesita una amiga, no me hago ilusiones, nunca aspiré a ser una duquesa y mucho menos la de Cambridge. Como dice mi amiga Abby, el duque es un pez muy gordo —suspiró mirándole con su pequeña carita enfurruñada.

—Eso no es cierto, ahijada, eres hija del conde de Exeter. Tu padre es alguien muy respetado —le regañó Alice levantado su mano llena de sortijas en el aire, dándole poca importancia a las dudas de su ahijada.

—El padre de Osbert y yo estuvimos juntos en Harvard, fue un gran hombre y amigo. Al margen de la desgracia que ocurrió, me daría mucho placer un enlace entre las dos familias. —Alice asintió aceptando lo dicho por su primo.

—Me retiro, voy a comenzar los preparativos. —Pearl salió y dejó a la pareja un tanto inquieta.

—No sé, Alice —dijo inquieto mirando a su hija salir de la biblioteca.

—Mi sobrino no es el único duque desfigurado en el reino —le recordó Alice.

—¿A qué te refieres? —preguntó extrañado.

—Acuérdate del duque de Saint Albans, los cotilleos son que casi pierde las piernas, y todo por la casquivana de su prometida. Y allí tienes al duque de Northumberland, a quien no solo le desfiguraron, también perdió un ojo en un suceso que todavía no se ha esclarecido. Ambos han retomado su vida pública, últimamente se les ha visto por la ciudad —le confió en tono confidencial la mujer.

—Cierto, se me había olvidado, el hijo de los duques de Wessex también se salvó de milagro en ese hecho con el duque de Saint Albans. En cuanto a el duque de Northumberland, eso, si fue bien sospechoso, se rumorea que fue también por una mujer —respondió acariciándose la barba, pensativo.

—Algo grave pasó esa noche, Howard. Antonella de Wessex lo ha sabido mantener en silencio, pero lo cierto es que ambos hombres desaparecieron de los salones de baile, hasta que recientemente al duque de Saint Albans se lo vio bailando con la hija del duque de Cornwall quien, para asombro de todos, no ha sido formalmente presentada en sociedad, lo que ha puesto a pensar a algunas matronas sobre un posible matrimonio entre ellos. En cuanto al duque de Northumberland, es un misterio lo que le sucedió y, como bien sabes, él pertenece a ese grupo de caballeros que se mantiene alejado de los salones y que, para sorpresa de muchos, parecen intocables.

—Sé de qué hablas, los principales herederos de las casas aristocráticas han creado un cerco donde ni siquiera el rey puede entrar, poderosos hombres que han sabido crear una muralla tan sólida de amistad que es difícil saber de ellos, se protegen unos a otros.

—Cierto, poco se sabe de lo que hacen —aceptó Alice.

Howard asintió pensativo, su prima tenía razón, en los últimos años, la aristocracia había sido sacudida por varias tragedias en las que los principales nobles habían sido seriamente perjudicados. Su amigo, el duque de Wessex, le había comentado que su esposa Antonella estaba intentando sacar a algunos del exilio que se habían impuesto, y el duque de Cambridge era uno de ellos.

Ojalá tuviese suerte, sería una lástima que los títulos no fueran heredados por hijos directos.

—Confiemos, Howard, en que todo saldrá bien, deseo que mi sobrino tenga un poco de paz.

—¿Qué te parece si vamos nosotros mismos a la cocina y buscamos los dulces? —dijo haciéndole señas a la doncella para que recogiera la bandeja vacía.

—¿Eres goloso, primo?

—Lo bueno es que a mí no se me notan, en cambio a ti… —le dijo al levantarse, extendiéndole el brazo para ayudar a la rolliza mujer a salir de la butaca.

—¡Howard! —exclamó escandalizada al verle señalar sus pechos sin ninguna vergüenza.

—Déjate de remilgos, Alice, nos conocemos de toda la vida —respondió sin ningún remordimiento.

# Capítulo 2

Como era usual, el salón de moda de madame Coquet estaba lleno de damas aristocráticas en busca de las últimas tendencias francesas, que la reconocida modista confeccionaba magistralmente para sus prestigiosas clientas.

Pearl caminaba de un lado a otro mirando las telas de muselina, indecisa con los colores para su nuevo ajuar, su madrina le había advertido del frío inclemente que hacía por Navidad en el apartado castillo. Sabía que madame Coquet ya estaba un poco impaciente, pero le daba igual, tenía que intentar que por lo menos su vestuario fuese favorecedor.

—Los trajes de montar ya están listos, milady, al igual que los negligés —susurró madame.

—¿Está segura de que son apropiados? —preguntó acalorada, mirando que a su alrededor ninguna dama estuviese cerca.

—Es lo último que nos ha llegado de Francia, con su maravillosa piel estará deslumbrante.

«Voy a necesitar toda la ayuda que pueda encontrar, así me tenga que arrodillar varios días en penitencia, los utilizaré de ser necesario», pensó decidida.

—¿Cuál caballero tiene en su punto de mira, milady? Tal vez podría ayudarla más si supiese —la instó la reconocida modista, llevaba muchos años en aquella esquina de la transcurrida avenida de Covent Garden y conocía prácticamente a toda la aristocracia. Las damas, mejor dicho las amantes, siempre eran una gran fuente de información.

Pearl suspiró mirando a la elegante mujer, le había confeccionado el guardarropa a su madre y, por lo que había descubierto en la oficina de su hermano mayor Sterling, le confeccionaba el vestuario a la amante de turno de su libertino hermano. «Tal vez sepa algo del duque», pensó.

—Todavía no estoy decidida, madame, pero sin embargo me ayudaría si usted pudiese darme alguna información del caballero —dijo esperanzada de saber algo más del duque que lo dicho por su madrina.

—Acompáñeme a mi oficina, milady… —le sugirió la modista.

Madame Coquet se desplazó con gracia por el salón principal del taller de moda, la estancia se dividía en tres áreas: la primera, donde se exhibían las telas y se tomaban los pedidos de las damas y, muchas veces, de los caballeros; en la segunda estaba el taller de costura donde trabajaban ocho mujeres; y por último, una pequeña estancia donde se reunía en privado con clientes que no deseaban esperar. Pearl la siguió adentro de esta y se sorprendió del buen gusto de la mujer, la decoración en tonos lavanda era exquisita.

—Tome asiento, milady. ¿Desea alguna bebida?

—No, madame, así estaré bien —respondió agradecida.

—Le escucho —dijo sentándose en la butaca frente a ella.

—No tengo que decirle que esta conversación es confidencial.

—No tiene que mencionarlo, milady, respeto la confianza que me brindan mis clientas, le aseguro que seré muy discreta. Me ha sorprendido que una futura joven debutante haya encargado un negligé —le dijo mirándola con suspicacia—. Debo serle franca, es usted muy joven, me inquieta que algún libertino desalmado pueda poner en entredicho su reputación —prosiguió preocupada.

—No se preocupe, madame, jamás haría nada por lo cual mi padre pudiese avergonzarse, le amo mucho, es el mejor padre del mundo —respondió con afecto.

—¿Entonces? —preguntó realmente desconcertada con la actitud de la joven.

—El duque de Cambridge es mi víctima, madame —le anunció levantando el mentón, segura de alcanzar su objetivo.

—Pero, si él… ¿Está segura de que habla del duque de Cambridge? —La modista no pudo ocultar su sorpresa ante la mención del caballero.

—Está desfigurado, lo sé, madame.

—No solo eso, lleva años fuera de la vida pública, fue una verdadera tragedia lo sucedido, no se habló de otra cosa en los salones de té por varias temporadas, creo que ese suceso y el enfrentamiento del duque de Saint Blair con su mejor amigo, el marqués de Wessex, han sido los dos escándalos más grandes en los últimos años.

—¿Nunca le conoció? —preguntó esperanzada.

Madame Coquet se sintió incómoda, muchos de ellos le abrían una cuenta a la amante de turno, la mayoría eran caballeros muy generosos con sus conquistas. Pero lady Pearl era una joven muy inocente, todavía se notaba en su manera de ruborizarse, no creía prudente hablar con ella de las amantes que tuvo el duque, aunque si era honesta, el hombre había sido muy discreto siempre.

—Por favor, madame, necesito la opinión de una mujer con más experiencia que mi madrina, la baronesa de Doncaster, o que mi mejor amiga, lady Abby Rothsay, no tengo idea de lo que se puede hacer para atraer a un caballero. Los negligés los encargué porque recuerdo que en la escuela de señoritas había una alumna muy interesada en esas cosas y nos contaba cómo debían usarse, me arrepiento de no haber puesto más atención a sus impúdicas lecciones —confesó acalorada.

Madame Coquet no pudo evitar sonreír ante el rostro sonrojado de la joven, ahora comprendía lo que sucedía. La baronesa le estaba buscando esposa a su sobrino predilecto, cada vez que le había visitado la peculiar mujer, no podía dejar de mencionar las virtudes del duque y del infortunado suceso. De todos modos, lady Pearl le parecía demasiado dulce y cándida para pretender que ella rescatase a alguien que estaba amargado, con hondas cicatrices. «No me parece justo enviarla a la cueva de un lobo herido, porque, a pesar de su accidente, ha tenido varias amantes reconocidas, entre ellas, una importante cantante de ópera», pensó recordando lo que pedía la joven.

—El duque era un hombre muy solicitado por las damas, recuerdo que era alto, de pelo negro y unos ojos verdes que te erizaban la piel al mirarte…

—¿Estuvo aquí? —preguntó enderezándose en la butaca, poniendo sus manos enguantadas juntas, mirándole con fervor, sus ojos brillaban de expectación.

—Bueno, él…

—Con una dama —le interrumpió entrecerrando los ojos.

—No necesariamente con una dama.

—¡Oh, por Dios! —exclamó impaciente.

—El caballero tiene su historia, milady.

—¿Usted piensa que sería descabellado de mi parte intentarlo? —preguntó haciendo un gracioso puchero que casi le arranca una carcajada a madame Coquet.

—Yo diría que sería un gesto muy valiente, tal vez los ángeles le estén enviando a salvar un alma, milady, ¿quién sabe? La vida nos pone al frente situaciones que nosotros jamás hubiésemos pensado, usted vaya y conózcale, muéstrele a la verdadera lady Pearl, y olvide esos negligés hasta que no tenga un compromiso de anillo en su dedo —le dijo sonriendo, haciendo ruborizar a la joven.

—Eso haré, le prometo que si lo atrapo, usted se encargará de mi vestido…

—Tiene mi palabra de que se verá radiante, será la novia más hermosa de la temporada que se aproxima —prometió satisfecha de haberla podido ayudar, aunque fuese solo un poco.

Pearl y madame Coquet conversaban tan animadamente al entrar al salón de los telares que no se percataron de la presencia de lady Rothsay, quien tomó por sorpresa a Pearl.

—¡Pearl! —gritó emocionada lady Rothsay abrazándola, casi dejándole sin aire; Pearl se dejó hacer, adoraba a su amiga Abby, quien era todo lo opuesto a ella, alta, con unos pechos sugerentes y anchas caderas.

—¿Qué haces aquí? —preguntó Pearl con afecto.

—Estaba dando un paseo y mi carabina vio a la tuya esperando en la acera —le respondió radiante.

—Disculpen, señoritas, debo seguir trabajando. —Madame se despidió dejándolas a solas frente a la mesa de las telas.

—Qué bueno que estés aquí, precisamente pensaba visitarte en la tarde, mejor continuemos hasta la confitería, mientras te pongo al tanto de las nuevas noticias. —Pearl se aferró a su brazo y salieron de la casa de modas.

—Me tienes en ascuas, Pearl, conozco ese brillo en vuestra mirada. Presagia problemas —respondió la joven dejándose llevar por su amiga a lo largo de la concurrida avenida.

Abby la miró resignada mientras la seguía, su amiga era totalmente opuesta a ella, extrovertida, parlanchina, alegre, una celebración, mientras ella era demasiado seria, con un carácter sosegado, adoraba leer y el silencio, había aprendido a dejarse llevar, era más fácil.

Las dos doncellas que fungían como carabinas se miraron con suspicacia, desde que las jóvenes habían regresado de la escuela para señoritas se encargaban de seguirlas a todas partes y, como se reunían a diario, ambas también habían terminado siendo amigas.

—¡Mira, Abby! Un asiento disponible adentro, así no tendremos que abrir nuestras sombrillas.

—¿Por qué estás tan excitada? —Ya no podía ocultar la curiosidad.

—Voy tras un posible príncipe azul como en las novelas que leemos en el club de lectura de lady Victoria, la duquesa de Cleveland… —le dijo emocionada uniendo sus manos en un puño, un gesto muy característico en ella.

—¿Príncipe azul? —preguntó sin entender.

—Bueno, sí sabes que adoro los cuentos con finales felices —respondió con entusiasmo.

—Sabía que en algún momento enloquecerías por completo. —Abby la miraba sin ocultar su sorpresa por su alocado plan.

—Siéntate, permíteme explicarte —la invitó mientras sacaba unos chelines de su pequeño bolso y los entregaba a su doncella para que pagara las mermeladas y el servicio de té.

—Ya se alejaron —dijo Abby, impaciente por conocer lo que tramaba Pearl.

—Es mejor tomar precauciones, no quiero que se pongan a chismorrear con la demás servidumbre —dijo mirando a las jóvenes doncellas alejarse—. Me voy con mi madrina por unos meses al norte del país —le anunció agarrando sus brazos, emocionada.

—Pero si tenemos mucho que planear antes de que comience la temporada… —respondió Abby mirándole con extrañeza.

—Precisamente, por eso voy a este viaje, para ver si tengo suerte y me salvo de tener que participar —respondió con alegría.

Abby la miró como si le hubiesen salido dos alas en la espalda, no podía creer que su mejor amiga la dejara tirada en uno de los momentos más importantes de sus vidas.

—Sabes perfectamente que no quiero participar, no tengo nada en común con las demás debutantes, tú eres testigo de que la mayoría no tiene nada en el cerebro, a excepción de trajes, sombreros y zapatos. Además, todas son más altas que yo, no me verá nadie entre todos esos tules y lazos.

—Acepto que la mayoría son unas pesadas, pero no puedo creer que pienses que no tendrás admiradores, ¡eres una belleza! —espetó visiblemente molesta con la obsesión de su amiga por su tamaño. Sí era cierto que en comparación con otras jóvenes era de baja estatura, pero un ejemplo era la duquesa de Cleveland, quien también era pequeña en comparación con su apuesto marido, el duque de Cleveland, y se veían muy felices juntos.

—Les quedaré a todos los caballeros a mitad del pecho, y puede que a alguno que otro por el cinturón —se quejó suspirando de manera teatral, haciendo que Abby pusiera los ojos en blanco.

—No puedo creer que me dejes y te vayas, Pearl. —La miró acusadora.

—Escucha, creo que mi madrina piensa que puedo gustarle a su sobrino, el duque de Cambridge....

—¿Un duque? —Ahora sí Abby se irguió en la silla mirándole con atención.

—Sí, pero está un poco... —Pearl se miró los guantes mordiéndose el labio, buscando la palabra correcta—, bueno, sufrió un accidente.

—Puedes ser más coherente, Pearl. Vas a la caza de un duque y, al parecer, tiene problemas.

Pearl le hizo una seña con su mano para que callara, las doncellas se acercaron con sus dulces y les sirvieron antes de apartarse en la acera a esperar a las dos jóvenes.

—Parece que el pobre hombre fue traicionado por su hermano. Es una fea historia, mi madrina dice que está muy solo —terminó, tomando entre sus pequeños dedos la taza.

Abby la miraba con deseos de zarandearla, porque Pearl vivía en un mundo de ensueño y de hadas que, aunque Dios sabía que había intentado sacarla de allí, moriría en ese mundo paralelo al de los simples mortales.

—Déjame ver si entendí el propósito de vuestro próximo viaje. Tu queridísima madrina ha decidido concertar un matrimonio con su sobrino, el duque de Cambridge quien, todo el mundo, a excepción de ti, sabe que ha estado retirado de la vida pública por casi ocho años.

—Eres brillante —sonrió mientras se entretenía con

los dulces sobre la mesa.

—¿Qué te hace pensar que él querrá casarse? —le preguntó con sarcasmo.

—Estoy segura de que no desea un matrimonio —aseguró levantando el mentón, confiada—. Si fuese así, ya se hubiese conseguido una esposa.

Abby colocó su codo enguantado sobre la mesa descansando su mejilla sobre su mano, mientras buscaba las palabras correctas para decirle que estaba más loca que su tía Gertrudis, y eso era demasiado. Su tía era la comidilla de toda la aristocracia por sus locuras y sus excentricidades.

—Pearl, por lo que he escuchado del duque de Cambridge, es una persona mucho mayor que tú —comenzó con diplomacia—, no se le ha visto el pelo en años, puede estar hasta calvo —continuó inclemente.

—Mi padre le llevaba muchos años a mi madre y dudo de que mi madrina quiera emparejarme con un hombre calvo. Sí está quemado en el rostro, pero con honestidad, Abby, dudo mucho de que si fuese tan grave, mi madrina lo hubiese planteado. Será una cotilla, pero me quiere mucho, ha sido como una madre para mí —respondió con seriedad.

Abby suspiró un poco avergonzada, porque su amiga estaba en lo cierto: la baronesa nunca haría nada para perjudicarla.

—Tienes razón, mi padre le lleva también muchos años a mi madre. Debo aceptar que la baronesa es una gran dama, seguramente, ella conoce mejor que nadie a su sobrino; si ella te lo propuso, debe ser por algo —aceptó Abby.

—Al contrario de las demás debutantes, me gustaría comenzar la temporada comprometida. Odio todo ese circo de exhibirte en un salón para que algún caballero te elija como su esposa. Me parece humillante —dijo malhumorada.

—Yo solo deseo divertirme. Soy demasiado grande para el gusto de muchos caballeros —dijo compungida, llevándose un dulce a la boca.

—A mi hermano mayor le gustan las mujeres como tú, con mucho pecho y grandes caderas.

—¿Cómo lo sabes? —preguntó sin poder esconder su exaltación.

—Sabes que me escondo en la biblioteca de padre para leer, y mis tres hermanos estaban hablando de la nueva amante de mi hermano mayor, este le dijo que pronto la dejaría, que él prefería las mujeres grandes.

—¡Dios mío! —exclamó llevándose las manos a las mejillas.

—¡Abby! ¿Estás enamorada de mi hermano Sterling? —Pearl entrecerró los ojos con suspicacia.

—¿Yo? —Estaba sonrojada de la vergüenza de que su amiga se diera cuenta de su secreto más preciado.

—No lo puedo creer, es un mujeriego, Abby, te haría muy infeliz —le dijo verdaderamente preocupada por su amiga.

—Nunca se fijará en mí, olvídalo, es solo un sueño.

Pearl la escrutó, jamás hubiese pensado que Abby estuviese interesada en su hermano mayor. «Es un pedante —pensó—, bueno, pero se convertiría en mi hermana», comenzó a maquinar mientras veía a su amiga devorar los dulces.

—Déjalo estar, Pearl, te conozco y sé que estás maquinando alguna cosa, vuestro hermano es un caballero muy distinguido, con muchas admiradoras, jamás me ha mirado cuando he estado en vuestra casa. Es solo mi sueño y con ello me conformo —le dijo levantando un hombro en señal de que no tenía

tenía importancia.

—Somos amigas, las mejores del mundo, si te has enamorado de mi hermano, buscaremos la manera de conseguir que se fije en ti —respondió con seguridad.

—No soy la clase de mujer que a él le gusta —respondió dejándole ver por primera vez sus inseguridades.

—No puedo creer que seas tan derrotista. —Abby se aferró a su taza de té y le miró apenada. Sterling era un hombre con un carácter fuerte, dominante, ella se sentía incapaz de abordarle como había visto que hacían otras jóvenes damas. Ella no tenía esa coquetería que hacía falta para impresionar, al contrario, se mantenía seria y se escondía entre sus novelas y sus libros de historia.

—Me moriría de vergüenza, las pocas veces que ha entrado al salón de vuestra casa cuando estoy allí las manos me comienzan a temblar. ¿En serio crees que podría atraer a vuestro hermano? —respondió con sarcasmo.

—Sterling es un idiota, no me gustaría que fuese vuestro marido, Abby.

—No lo será —le dijo con una sonrisa triste.

—Eso está por verse —le dijo comenzando a tamborilear sus dedos enguantados en la mesa, mientras su mente comenzaba a urdir toda una serie de movidas truculentas para que su libertino hermano mayor se fijara en su amiga.

—Sería un milagro, Pearl…

—Tenemos que ayudar al de arriba, Abby, tiene mucho trabajo para también ocuparse de conseguirnos marido, así que déjame eso a mí —dijo palmeándole la mano a su amiga, quien le miró con temor. «No debí decirle», pensó realmente preocupada por lo que pudiese hacer su amiga.

—¿Por qué no vienes con nosotras, Abby? —sugirió Pearl mirándola con entusiasmo—. Regresaríamos para inicio de temporada, así no tendrías que pasar la Navidad con vuestros padres y vuestras tías solteronas.

Abby abrió y cerró la boca, no se le había ocurrido que pudiese acompañar a Pearl en su cacería por un marido. Le miró ladeando la cabeza, a su pesar tuvo que sonreír ante la carita de ensoñación de su amiga, era una maldición no poder decirle nunca que no, odiaba verle contrariada, al igual que todos, ella también caía presa del embrujo de Pearl.

Suspiró colocando su taza de té sobre la mesa, tal vez sería mucho mejor alejarse por un tiempo de Londres, tranquilizar su espíritu antes de enfrentar su presentación formal en sociedad, no se hacía muchas ilusiones, en realidad, dudaba mucho de que hubiese alguna proposición matrimonial; de hecho, no la quería, disfrutaría por lo menos tres temporadas antes de decidir cuál sería su destino, rezaba para que su padre se mantuviese al margen de sus decisiones como había hecho siempre; en cuanto a su madre, no creía tener problemas con ella, era una mujer muy dócil, demasiado sumisa para obligar a su hija a un matrimonio a la fuerza. Lo mejor sería seguir a Pearl, seguro se divertiría horrores viendo a su amiga tratar de engatusar a su duque "chamuscado".

—¿Abby?

—Te acompaño —respondió decidida.

Pearl comenzó a aplaudir sin importarle las miradas de lo demás comensales, Abby se unió a su risa franca y alegre, esa era su amiga, una luz cegadora que arrasaba adonde llegaba. Pearl era un pequeño frasco que contenía todos los mejores sentimientos que albergaba un ser humano; mirándola aplaudir, estaba segura de que si alguien podía sacar a ese duque del castillo donde se escondía, esa sería Pearl.

—Saldremos la próxima semana, tenemos mucho todavía por hacer —dijo radiante.

—Hablemos primero con vuestra madrina para que hable con mis padres. Tienen planeado visitar a mi tío en Escocia —le informó Abby.

—Acompáñame a mi casa, mi madrina se está quedando con nosotros —le dijo limpiándose los labios con la servilleta de lino blanco.

# Capítulo 3

**P**earl y Abby entraron a la mansión riendo por las ocurrencias de Pearl, seguidas de sus doncellas. Abby intentó quitarse un vaporoso sombrero azul con plumas cuando su mirada se encontró con los ojos azules de lord Sterling, quien estaba reclinado en la chimenea con esa pose de aburrimiento que le perseguía siempre.

—Buenas tardes, milord —saludó Abby un poco insegura.

Sterling inclinó brevemente la cabeza, pero no se movió de su posición para acercarse a la joven y besar su mano como correspondía; por alguna extraña razón, la presencia de la mejor amiga de su hermana le mortificaba.

—¿No podrías ser un poco más simpático? —le recriminó Pearl tirando de mala manera su sombrero, poniéndose las manos en la cintura.

—No me hables en ese tono, jovencita —la regañó Sterling.

—No eres mi padre, Sterling, solo eres mi hermano mayor —respondió levantando su mano sin darle importancia.

—Soy la autoridad después de padre —le recordó avanzando hacia ella, amenazante.

—Espero no estar aquí para verlo —le dijo sin importarle su cara de mal humor. Estaban locos si pensaban que se dejaría intimidar. En sus clases de religión, David mató al gigante llamado Goliat, y ella estaba segura de que era más inteligente que el tal David.

—¡Hija! —Su padre entró en el salón mirándole con exasperación, cuándo dejaría de retar a Sterling…

—No tiene educación, padre, es un patán con Abby; mis hermanos solo son caballeros con las llamadas cortesanas —respondió airada.

—¡Pearl! —exclamó Abby horrorizada por la manera como le hablaba a su hermano.

—Déjame a mí, Abby, a sus amantes las…

—¡Pearl!

—Padre, esto es vuestra culpa, le has permitido hacer lo que le place. —Sterling estaba rojo de la furia, ¿o sería de la vergüenza? En fin, Pearl ya se había jurado que lo convertiría en el marido de su amiga, y lo haría.

—Tiene razón, hijo, ha sido una grosería no saludar a la joven dama como deberías haber hecho —le increpó el conde haciendo que su hijo se irguiera, buscando un poco de aire para no decirle lo que se merecía por ser un padre consentidor, incapaz de objetar nada que saliera de la boca de su pequeña Pearl; lo cierto era que él tampoco era capaz de hacer nada en su contra, pero esta vez se había pasado.

Sterling los miró con frialdad, para desconcierto de Pearl, que lo miraba envalentonada, dispuesta a ponerlo en su lugar. Se dirigió hacia Abby y tomó a propósito la mano que no tenía guantes acercándola a sus labios y le dio un beso más largo de lo que dictaban las normas de etiqueta, haciendo que su padre carraspeara. Pearl entrecerró los ojos con suspicacia, mientras Abby se sonrojaba de la vergüenza.

—Padre, Abby sería una perfecta esposa para Sterling —le susurró como si le dijese un secreto, pero lo cierto era que todos en la habitación se quedaron espantados, hasta las doncellas que esperaban para poner las bandejas de plata llenas de dulces en el aparador. La adicción del conde por los dulces era motivo para cambiar las bandejas varias veces al día.

—¡Pearl! —gritaron los tres.

—Pensándolo mejor, no, Abby merece una pareja fiel, y Sterling no lo sería. —Howard miró a su hija como si le hubiesen salido cuernos, atacar así a su hermano era una declaración de guerra.

Sterling se acercó a Pearl con lentitud, tenía miedo de agarrarla y darle la azotaina que se merecía, no tenía claro qué le pasaba, pero se había extralimitado mencionando a sus amantes; por alguna razón desconocida, le había molestado que Abby escuchara los maliciosos comentarios.

—¿No me consideras un buen partido? —preguntó mirando hacia abajo, Pearl le llegaba a mitad del pecho.

—No, en primer lugar, eres muy viejo para ella y, en segundo lugar, tienes demasiadas mujeres. —Cruzó los brazos en el pecho y le miró desde abajo retándole a contradecirla.

—Qué extraño, me han dicho que vas a la caza del duque de Cambridge y él es más viejo que yo —le dijo adrede con toda la intención de que se sintiera mal.

—Bueno, pero eso son mis gustos, Abby lo quiere joven y que no sea un picaflor —contestó mientras se miraba sus uñas buscando alguna cosa, ese gesto casi saca a su hermano de quicio.

—¿Es eso cierto, lady Rothsay? —preguntó Sterling girándose para encontrar la mirada de Abby que estaba pálida como la acera, jamás hubiese creído a Pearl capaz de enfrentar a su hermano de esa manera.

Sterling se volvió a acercar, el sentirse mayor ante los ojos de una futura dama debutante no le hacía ninguna gracia, mucho menos, cuando la joven en cuestión tenía los pechos y las caderas más tentadores que jamás hubiese visto. Muchas veces había tenido que salir del salón donde se encontraba la joven con miedo a que se diera cuenta de sus miradas indecorosas a su enorme trasero que se podía apreciar deliciosamente a través del vestido. «Daría cualquier cosa por ver toda esa piel en un perverso negligé color rojo», pensó mientras invadía el espacio de la joven.

—¿No piensa responder?

—Sterling, deja a la joven en paz, el administrador te está esperando en la biblioteca —intervino el conde corriendo hacia la bandeja de dulces para bajar el malestar con unos cuantos bollos de miel.

Pearl tuvo que hacer un gran esfuerzo para no ponerse a dar saltos por toda la estancia, su hermano era como todos los hombres: unos pobres ilusos. Miraba a su amiga como si fuese un suculento plato de ternera.

—Por favor, milord, no creo que esta conversación sea adecuada —murmuró casi a punto del desmayo la pobre Abby.

Sterling sonrió con placer al ver el sonrojo y los nervios de la joven, era una delicia a la vista y, al contrario de lo que pensaba su hermana, había tomado la decisión de casarse, lo que no tenía claro hasta ahora era con quién. Sin importarle la presencia de su hermana ni de su padre, se inclinó sobre el oído de Abby.

—Cobarde. —Su voz ronca y sensual casi lleva a la joven a desmayarse, jamás hubiera soñado tenerle tan cerca—. Te prohíbo que bailes vals, te castigaré, Abby, seré muy malo —le ronroneó casi acariciándola con los labios.

—¿Qué le estás decidiendo en secreto? ¡Aléjate de Abby! No vayas a besarla con esa boca que sabrá Dios en qué lugares pecaminosos ha estado.

—¡Pearl! —gritaron de nuevo los tres haciendo que la joven pusiera los ojos en blanco ante tan poco sentido del humor.

# Capítulo 4

El traqueteo de los cuatro carruajes ya tenía a Pearl desesperada, llevaban cinco días de viaje y estaba exhausta, habían salido de Londres al amanecer. Su padre había insistido en contratar a hombres adicionales a los lacayos de la mansión para tan largo viaje; hasta su hermano Sterling, cuando supo que Abby también viajaría, sumó a dos personas más para que los acompañara hasta el castillo de Bamburgh.

A medida que se acercaban, se sentía más nerviosa, ella estaba dando por sentado muchas cosas, pero ¿qué pasaría si no le gustaba al duque? Un ronquido de su madrina la hizo brincar, la mujer dormía hasta de pie, Pearl se sorprendía del aguante que tenía, había capitaneado todo el viaje dando órdenes a diestra y siniestra, ella y Abby estaban a punto de un ataque de nervios.

—¿Estás segura, Pearl? A medida que avanzamos te noto más callada, y eso solo ocurre cuando te enfermas. —Abby la miró preocupada.

—Siempre me ha gustado ayudar…

—Más bien eres demasiado romántica —le recriminó Abby.

—¿Y si no me agrada? —preguntó llevándose la

la mano al pecho mirándole preocupada.

—Nos regresamos, el duque no sabe nada de las intenciones de lady Alice —le recordó.

—Tienes razón. ¿Crees que le gustarán las damas bajitas? —preguntó esperanzada.

—Eres hermosa, Pearl, y lo más importante: tienes un corazón enorme —contestó sonriendo, extendiendo sus manos hacia los lados para mostrarle lo grande que era su corazón.

—Hay algo dentro de mí que me ha impulsado a venir, desde que escuché su nombre, no he dejado de pensar en su excelencia y lo solo que se debe sentir —admitió.

Abby le miró en silencio, le preocupaba que todo solo fuera una ilusión en la mente de su amiga, aunque debía aceptar que lady Alice jamás pondría a Pearl en una situación comprometida si no estuviese segura de que el enlace entre su sobrino y su ahijada podría funcionar. La mayoría de los matrimonios en su círculo social eran concertados, de hecho, había novias que conocían al novio el mismo día del matrimonio. Pearl podría salir ganando si el destino estaba a su favor; no solo se convertiría en duquesa, sino que, al contrario de ella, se libraría de presentarse como un pedazo de carne al mercado matrimonial, al contrario de lo que le había hecho creer a su mejor amiga, odiaba la idea de debutar en Almacks y ser el blanco de críticas.

—Vamos a esperar a ver qué sucede, mientras tanto disfrutemos del castillo, lady Alice dice que está muy cerca del mar, sería extraordinario caminar por la orilla —comentó dejándole ver su entusiasmo.

—Nunca me he mojado los pies —respondió abriendo los ojos con entusiasmo, olvidando sus preocupaciones.

—Yo tampoco, será una nueva experiencia —aceptó Abby uniéndose a la excitación de estar cerca del mar por unos meses.

—Abby, no te había pedido disculpas por el escándalo con mi hermano en el salón. Solo quería molestar al estirado de Sterling y no pensé en que te podría avergonzar con mis palabras —le dijo apenada.

—Al contrario, no te lo había dicho, pero Sterling me pidió unos bailes en mi presentación, todavía no me lo puedo creer, tengo mucho miedo de ilusionarme —le confesó.

—Sterling será un desastre como hombre, pero es una persona de honor, jamás se atrevería a hacer algo que pudiese perjudicar vuestra reputación —le aseguró Pearl tomando su mano y apretándola para darle confianza.

Abby abrió apresuradamente la cortina de la ventanilla cuando sintió el carruaje ir más despacio, Pearl se le unió mirando con curiosidad, ambas dejaron escapar un grito de sorpresa al vislumbrar el inmenso castillo, que ya se podía ver en todo su esplendor, situado en lo alto de una pequeña colina. Pearl se enamoró del lugar de inmediato y sonrió con alegría, era una sensación difícil de explicar, sentía que pertenecía a aquel sitio tan apartado de Londres.

La vegetación verde se extendía a su alrededor como si fuese una inmensa alfombra, los purasangres se adentraron en un largo camino en piedra, deteniéndose frente a un alto portón negro. Pearl escuchó al cochero identificarse, ambas jóvenes intercambiaron miradas de sorpresa al percatarse de tres lacayos armados que custodiaban la entrada.

—¿Qué es todo ese ruido? —preguntó lady Alice incorporándose adormilada.

—¡Hemos llegado, madrina! —exclamó Pearl girándose a sacudir a su madrina, sacándole el sombrero de lugar.

—Ya era hora, se me ha hecho eterno el viaje —resopló incorporándose, arreglando su sombrero. Sonrió al ver el entusiasmo de su ahijada, para Pearl todo era motivo de fiesta y alegría, esa era la principal razón por la que la había escogido como pareja para su sobrino. Osbert necesitaba que alguien pusiera de cabeza su vida y su ahijada era experta en esas artes.

Los cuatro carruajes siguieron por un camino empedrado que conectaba como si fuese un puente con la entrada principal del castillo. Se detuvieron frente a la puerta doble de madera donde esperaba un rígido mayordomo vestido de negro, lady Alice fue la primera en descender, miró con pesar al mayordomo al no ver a su sobrino por ningún lado.

—Milady —saludó el mayordomo.

—Me alegro de verte, Jarvis, ¿dónde está mi sobrino? —le preguntó Alice.

—Su excelencia se encuentra en sus habitaciones.

—Me lo suponía… —respondió contrariada mirando hacia lo alto del castillo donde su sobrino tenía su alcoba.

—Las habitaciones ya están preparadas, milady. —Le señaló el mayordomo.

—Espero que estén bien caldeadas —dijo girándose a mirar a las jóvenes con el ceño fruncido, había enviado una carta a Jarvis con anticipación para asegurarse de que fuesen bien recibidas, pero, por lo que veía, tendrían que utilizar la astucia para llegar a su sobrino.

—Por supuesto.

—Vamos, niñas, síganme, lo mejor será asearnos antes de cenar, el castillo está disponible solo para nosotras —les dijo haciéndoles una señal para que la siguieran.

Abby y Pearl lo hicieron sin atreverse a contrariarla; a medida que se adentraron en el castillo, Pearl se sorprendió de lo bien cuidado que se encontraba, los cuadros que les observaban mientras caminaban relucían brillosos, unos grandes arcos en piedra dividían el pasillo. Pearl se quedó sin habla al llegar a lo que parecía el salón principal, la enorme chimenea en caoba era inmensa y tomaba casi por completo la pared lateral.

Las butacas en madera con cojines anaranjados y rojos le daban vida a la antigua estancia, tal vez el duque estuviese exiliado, pero no había dudas de que se había ocupado del interior del castillo tornándolo agradable y hasta acogedor, al contrario de mansiones mucho más pequeñas en Londres, donde te asfixiabas por el recargado de la decoración.

—Es hermoso, madrina…

—Osbert contrató un arquitecto que hizo un trabajo admirable, además de incluir lámparas de arco en la mayoría de las estancias…

—Estoy de acuerdo con Pearl, es impresionante —añadió Abby.

—Me alegro de que les guste, ya que pasaremos la Navidad en Bamburgh. Suban a descansar, creo que lo mejor será cenar en nuestros aposentos y encontrarnos mañana para desayunar. Estoy exhausta, ya no estoy para estos largos viajes —dijo Alice haciéndole una señal a una doncella de pie detrás de Jarvis en espera de instrucciones—. Acompañe a las damas a las habitaciones —le ordenó.

Pearl y Abby se despidieron dejando a Alice junto al mayordomo.

—¿Le informaste de nuestra llegada? —preguntó en tono bajo para que las jóvenes no escucharan.

—Sí, milady.

—¿Cómo lo tomó? —preguntó mirándole con suspicacia.

—Mal, es la primera vez en casi ocho años que se recibe alguna visita —le recordó.

—Tenemos que hacerlo reaccionar, Jarvis —respondió desesperada colocando su mano sobre el brazo del mayordomo, quien levantó una ceja, pero evitó hacer algún comentario; la baronesa era una mujer muy sentimental y odiaría hacerla sentir mal.

—¿Cuál de las dos damas es la víctima? —preguntó mirándola de reojo.

—¡Jarvis! —exclamó sonrojándose.

—Milady, el señor está demasiado amargado, ha estado muchos años solo con su perro King como única compañía.

—Lo sé, si no ocurre un milagro en esta visita, me daré por vencida. Amo a mi sobrino, Jarvis, haría cualquier cosa por verlo feliz —dijo triste—. La escogida es mi ahijada, a la cual adoro, jamás la obligaré a algo que ella no quiera —le informó.

—Entiendo…

—No entiendes, Jarvis, ellos son los dos hijos que nunca tuve la gracia de tener, sería una bendición unirles en sagrado matrimonio —aseveró con fervor, intentando que el leal mayordomo de su sobrino comprendiera la importancia de traer a Pearl al castillo.

—Ayudaré en lo que pueda —prometió solemne.

—Y callarás en lo que veas… —susurró mirando a su alrededor para asegurarse de que ninguna doncella estuviese cerca.

—No la comprendo —Jarvis se irguió mirándola con

seriedad.

—Sí lo haces, no eres ningún tonto, asegúrate de que cuando estén a solas nadie interrumpa,  asegúrate de que se puedan encontrar —le dijo Alice.

Jarvis arqueó una ceja ante las palabras de la baronesa de Doncaster, jamás hubiese pensado que tendría que fungir como alcahuete de una dama; sin embargo, tenía que admitir que los años de soledad estaban agriando el temperamento del duque, nada perdería con aliarse con la baronesa para lograr que el señor entrara en razón y decidiera dejar el castillo. Había visto cómo se había ido marchitando, si la baronesa creía que había alguna posibilidad, toda la servidumbre del castillo de Bamburgh se uniría para lograrlo.

# Capítulo 5

Osbert caminaba de un lugar a otro en su habitación, había visto la llegada de los carruajes y se había sorprendido de la cantidad de equipaje que su tía traía, aparentemente, pasaría allí una larga temporada. Había recibido su carta, en la que le anunciaba su deseo de compartir la Navidad en el castillo acompañada de su ahijada y la mejor amiga de esta, y se había sentido furioso ante la imposición de invitados en su hogar.

Su tía era recibida porque jamás se habría atrevido a negarle la entrada, era demasiado querida, además de que su madre y ella habían sido muy unidas. Acarició distraído el pelaje de King, de pie a su lado, sentía su malestar, eran demasiados años juntos en aquel caserón enorme donde él se había recluido a lamerse las heridas. De todas formas, rara vez comía con su tía cuando esta venía al castillo, él solía visitarla en el cuarto de tejido, era allí donde ella pasaba la mayor parte del tiempo que estaba en el castillo.

—Su excelencia, la cena. —Jarvis se adentró con la doncella, la cual colocó, como todos los días, la bandeja en una mesa cerca de la chimenea, la biblioteca era una de las habitaciones más caldeadas del castillo.

—¿La baronesa? —preguntó manteniéndose en la

oscuridad mientras se frotaba la mano que llevaba cubierta, el invierno era implacable con los tendones.

—Su tía ha dispuesto cenar en sus aposentos —le informó observando de cerca los movimientos de la doncella.

—¿Las damas que le acompañan? —preguntó con curiosidad. Él había trasladado la biblioteca hasta el cuarto piso del castillo, donde había rehabilitado cinco dormitorios uniéndolos, de modo que contaba con un enorme espacio para leer y trabajar. Desde la ventana no había podido ver claramente a las visitantes.

—Lady Exeter y lady Rothsay también cenarán en sus habitaciones, por lo que podrá dar su caminata por la playa sin ser molestado. —Jarvis evitó agregar nada más; para su sorpresa, su señor estaba interesado en las invitadas, ya de por sí era un logro, por años había mantenido distancia ante las visitas de su tía.

—Bien, quiero que las mantengas lejos de las escaleras laterales, que son las que utilizo... —le recordó mientras tomaba con cuidado la copa de agua.

—Como guste, su excelencia —aceptó dejándole solo.

Osbert miró con hastío su bandeja, no tenía hambre, se sentía inquieto, frunció la nariz, un gesto que siempre hacía cuando las cosas no salían como él quería. Había esperado pasar unas Navidades solitarias leyendo en su sillón favorito y sin tener que pensar en nada, había sido un año muy beneficioso para sus negocios. Respiró hondo mientras picaba un trozo de hígado, miró de reojo a King, que se había arrebujado frente a la chimenea ignorándolo por completo, su viejo amigo sabía cuándo su mente era un caos. Iría a pasear por la orilla de la playa, el viento helado le aplacaría la zozobra que sentía.

Terminó de comer y se dispuso a salir, tiró la servilleta con descuido sobre la bandeja, sonrió al ver a King levantarse apresurado para seguirle al exterior.

—Tenemos que aprovechar el silencio, de mañana en adelante tendremos que salir más tarde —le habló al perro mientras bajaba las escalinatas que lo llevarían a la puerta lateral del castillo, por órdenes suyas, solo él usaba esas escaleras.

Continuó por el estrecho sendero de arena que descendía del castillo hasta la playa, se quitó el cabello del rostro con impaciencia mientras sentía complacido el helado viento sobre su cara, se sentó en una gran piedra que se encontraba justo al final del camino de arena, su mirada recorrió el horizonte, las olas golpeaban con fuerza contra la orilla.

No había ningún buque a la vista, por lo que el paisaje era tan oscuro como su alma. Miró con añoranza el vaivén de las olas, había tenido muchos sueños y, aunque no había sido un santo cuando ocurrió la tragedia que lo había alejado de la sociedad, en aquel momento había tomado la decisión de buscar una dama para casarse y formar una familia. Uno de sus mejores amigos, el duque de Cleveland, había contraído matrimonio y él pensó que sería bueno seguir el camino de su amigo. «Ninguno de los dos logró su sueño, Alexander perdió a su esposa», pensó con pesar.

Se había enterado mucho después de la trágica muerte de la esposa de su amigo, ya para entonces estaba sumido en su amargura, renuente a recibir a nadie, no deseaba ni quería la lástima de ninguno de ellos. Distraído, comenzó a acariciar el suave pelaje de King, era una manera de relajarse y su amigo canino lo sabía, por ello se mantenía sentado a su lado sin moverse.

Osbert giró la cabeza para mirarle mientras su mano se hundía entre todo aquel pelo negro de su perro. «¿Qué haré cuando tengas que partir?», pensó con tristeza, definitivamente, era una noche de negros pensamientos.

Pearl se acercó con sigilo a la cama de Abby y pegó su oreja al pecho de su amiga para estar segura de que roncaba, de hecho, lo hacía con mucha fuerza. «Me gustaría ver la cara de Sterling cuando a Abby le dé por resoplar en la cama conyugal», pensó sonriendo con malicia alejándose de puntillas de la cama para salir de la habitación. Había querido estar segura de que estaba dormida antes de irse a caminar fuera del castillo, había visto la playa desde la ventana de su habitación y simplemente no podía esperar hasta que amaneciera, deseaba estar cerca de esas olas.

A ella la oscuridad nunca le había dado miedo, todo lo contrario, le gustaba aventurarse. Se arrebujó en el abrigo y se dispuso a seguir su intuición, los pasillos del castillo estaban iluminados con lámparas de Voltaire. «Este lugar es un sueño», pensó mirando los cuadros mientras continuaba hacia la derecha sin tener claro hacia dónde se dirigía. «Si me pierdo, grito», pensó con convicción. Su sonrisa se amplió cuando vio ante ella un gran portón de hierro abierto y unas estrechas escalinatas que seguramente llevarían a la parte lateral que conducía a la playa.

Miró con suspicacia hacia abajo mordiéndose el labio inferior, sopesando si fuera una buena idea tirarse a la aventura en su primera noche en el castillo sin ni siquiera haber conocido al duque.

Subió los hombros sin darle importancia, ¿qué podría pasarle?, el castillo era un lugar seguro. Se giró mirando a su alrededor buscando una lámpara que pudiese llevar consigo, sonrió encantada al ver sobre una mesa un farol, «supongo lo tienen aquí para bajar por las escaleras», meditó agarrándole por el asa en sus pequeñas manos enfundadas en unos mullidos guantes de invierno.

—Esto es excitante —susurró disponiéndose a bajar las escaleras en forma de caracol.

La puerta de madera en forma de arco estaba entreabierta, lo que le hizo entrecerrar los ojos con desconfianza, «alguien la dejó abierta», pensó saliendo sin tocarla, al tiempo que sujetaba el farol delante de ella para seguir el sonido de las olas, que llegaba hasta sus oídos a pesar de que el castillo estaba sobre una loma, bastante retirado de la orilla.

Hizo un puchero al sentir sus escarpines hundirse en la arena, pero continuó el descenso a pesar del viento helado y la oscuridad, sus ganas de ver las olas más cerca eran mayores que lo que sentía en ese momento. Su tía pondría miles de excusas para evitar que bajaran a la playa, especialmente, con su salud un poco frágil; una semana estornudando bien valía la pena si podía mojar sus pies en el agua. «Estará helada», pensó arrugando la pequeña nariz.

La arena se volvió más densa al llegar al final de la colina, lo que la hizo dudar en continuar, debía subir más de lo necesario las piernas al caminar, con el farol y su pesado abrigo se le hacía dificultoso. Aspiró el aire helado y miró al frente con tenacidad, tocaría el agua, solo debía tomarlo con calma y parar a tomar aire. Un pie adelante del otro; sin verlos, sabía que sus escarpines estaban hechos un desastre, pero poco importaba si podía lograr llegar a la orilla, ya luego se las ingeniaría para regresar.

Un grito de alegría surgió en la noche cuando logró su propósito, rio con el farol dando tumbos hasta la arena mojada mientras miraba extasiada las enormes olas arremetiendo con furia contra la orilla. Al verlas, supo que no podría entrar más adentro como había planeado, el mar embravecido la haría perder el equilibrio y la arrastraría con él hacia las profundidades, así que le sacó la lengua.

—No soy tan tonta como para entrar —le gritó a la oscuridad sonriendo—, eres muy malo por estar furioso cuando recibes visita, no podré mojar bien mis pies —volvió a gritarle al mar como si pudiese entenderla. Mientras, las olas se acercaban con fuerza mojándole los arruinados escarpines—. Solo podrás mojar mis pequeños pies, porque no te dejaré atraparme —volvió a gritar mientras se reía a carcajadas ante el fuerte rugir de las olas.

Hubiese querido dejar el farol sobre la arena, pero eso sería una temeridad, si lo perdía, el regreso sería muy peligroso y no podía estar demasiado más tiempo afuera; aunque el abrigo la protegía bastante, el viento cada vez era más frío.

King comenzó a ladrar mientras miraba hacia el lado oeste de la playa, Osbert se incorporó al escuchar una risa femenina y dio un paso al frente tratando de localizar el sonido, «debo estar volviéndome loco», pensó. El perro comenzó a bajar por el sendero y sin pensarlo le siguió de cerca, ya eran muchos años caminando por la densa arena con sus altas botas de caña.

Las carcajadas de felicidad se escucharon más fuerte e hicieron que su corazón latiera más deprisa. Mientras seguía a su setter inglés, se sentía aterrorizado de que solo fuese una ilusión que los años de aislamiento le estuviesen ocasionando: escuchar cosas imaginarias.

Pearl se giró asustada levantando más su farol al escuchar los ladridos de un perro, entrecerró sus ojos verdes como si con ello pudiese ver mejor en la oscuridad, ladeó la cabeza cuando pudo distinguir al perro frente a ella. Se quedó quieta evaluando el comportamiento del animal, el cual se puso en dos patas como si estuviese haciendo lo mismo con ella.

—Buenas noches —le saludó la muchacha—, me llamo Pearl. —Ella adoraba a los animales, se le hacía fácil conectar con ellos, extendió su mano libre invitando al perro a olerla y sonrió con satisfacción al ver que se movía y olisqueaba su guante.

Osbert se quedó en las sombras observando sorprendido lo que pasaba, desde donde se encontraba no podía verla, pero sí escucharla y su voz se le antojó como la de un ángel, sonaba a días con un sol radiante; la voz de la dama vibraba de felicidad y, sin darse cuenta, llevó su mano hasta su corazón.

—¿Cuál es vuestro nombre, precioso? —le preguntó Pearl al perro atreviéndose a acariciar su cabeza en la oscuridad—. No sé por qué siento que eres un caballero —dijo riendo ante el ladrido de King.

—¿Te gustaría acompañarme al castillo? Está muy frío aquí afuera. —Pearl giró el rostro hacia el sendero por el que había bajado hasta la playa y suspiró, sería dificultoso regresar, pero había valido la pena.

Inconsciente, continuó acariciando la cabeza de King quien, para sorpresa de Osbert, que había logrado ver con más claridad a la pequeña dama, se había acercado y aceptado de buen grado las tiernas caricias. «Traidor», pensó a su pesar, divertido con la conducta de su amigo. Se sintió culpable de no haber conseguido una compañera para King en todos esos años, de hecho, su amigo era un setter inglés virgen.

Estudió a la dama desde la distancia, reacio a dejar notar su presencia, seguramente, era una de las dos damas que habían acompañado a su tía al castillo, «¿cuál de las dos sería?». Trató de recordar lo que Jarvis le había dicho, pero no logró hacerlo, era muy pequeña, no se explicaba cómo había podido bajar por el estrecho sendero con ese farol en la mano. Un fuerte deseo le instaba a acercarse, pero ella era una dama y, aunque había estado muchos años fuera del círculo social al que pertenecía, todavía había costumbres demasiado arraigadas en él, era una dama y sería inapropiado estar a solas en un lugar apartado y oscuro. No podía ponerla en una situación comprometedora, su honor no se lo permitía.

—¿Me acompañas? —insistió Pearl comenzando a caminar de regreso, sonrió satisfecha al ver al perro a su lado.

Para consternación de Osbert, que les seguía de cerca, su amigo se mantuvo firme al lado de la joven guiándola en el ascenso. Cuando traspillaba se aseguraba de que ella se apoyara en su lomo para levantarse y tiraba de su abrigo cuando se salía del camino correcto obligándola a seguirlo, lo que a la joven le causaba mucha gracia y se reía a carcajadas; el sonido le ocasionaba una sensación de placer indescriptible, era como si se intentase filtrar un rayito de luz a su oscuridad. Le siguió en trance sin poder quedarse atrás, preparado para alzarla en brazos a pesar de su mano casi destruida, no podría dejarla allí afuera sin protección.

Pearl suspiró agradecida cuando llegaron al fin a la puerta por la que había salido, el camino se le había hecho mucho más largo y dificultoso, si no hubiese sido por su nuevo amigo, tal vez no lo hubiese logrado. Le sonrió agradecida y le acarició.

—Muchas gracias, amigo.

King ladró, enamorado de las caricias de su nueva amiga. «Qué pena que no sea de mi raza», pensó mientras se dejaba acariciar.

Pearl se detuvo antes de entrar, inhaló profundo y se giró lentamente levantando su farol y mirando a la oscuridad.

—Gracias, su excelencia, por permitir que vuestro perro me ayudara a subir, seguro piensa que soy una insensata. Lo soy, es parte de mi personalidad. Me gustaría caminar por los alrededores y mi madrina no me lo permitirá, me gustaría que me acompañara, no es propio, pero ¿quién lo sabría? No hay ni un alma. Espero que mañana en la noche me acompañe. —Pearl sonrió pícara—. Su colonia, milord, lo ha delatado. —Se giró para subir las escaleras con energía, no le había visto, pero en todo momento estuvo allí junto a ella, y le gustó.

Osbert se quedó de pie sin poder asimilar que ella había sabido todo el tiempo que él estaba cerca, su colonia venía de la mejor perfumería de Londres, Floris se encargaba de crearla especialmente para él, era una de las pocas cosas que se había permitido a lo largo de los años. King regresó a su lado y se sentó en dos patas mientras él no dejaba de observar la puerta.

—Es tan pequeña… —susurró en voz alta mientras King le miraba con atención, «tiene la misma cara que yo cuando robo un suculento hueso de la cocina», meditó el perro esperando que su amo decidiera entrar.

# Capítulo 6

Osbert intentaba con todas sus fuerzas concentrarse en el libro de cuentas que llevaba revisando toda la mañana, no había podido pegar un ojo, cuando al fin decidió subir a sus habitaciones era casi de madrugada. Levantó la vista dejando la pluma en el tintero, suspiró reclinándose en la mullida butaca que utilizaba para trabajar. Se restregó los ojos buscando alivio, lo mejor sería descansar algunas horas para luego contestar la correspondencia pendiente.

—Su excelencia, me tomé la libertad de traerle algo de comer, la doncella bajó el desayuno sin tocar. —Jarvis entró a la habitación escasamente iluminada y dejó la bandeja en una mesa que hacía de comedor en la enorme biblioteca.

—No tengo hambre —respondió levantándose, para sorpresa de Jarvis. Comenzó a abrir la cortina de uno de los enormes ventanales que daban a la playa y dejaban entrar la luz.

El mayordomo le observó en silencio, mientras su señor miraba interesado hacia afuera, una media sonrisa se dibujó en sus labios, la que desapareció deprisa al verle girarse.

—Jarvis, ayer mencionaste algo de las damas que

que acompañan a mi tía, pero no logró recordar sus nombres.

—Lady Pearl Exeter es ahijada de su tía y es hija del conde de Exeter. Y lady Abby es hija del vizconde de Rothsay.

—Algo más que deba saber...

Osbert se sentó abriendo la bandeja de manera despreocupada como si no tuviese ningún interés real en la información, pero por alguna razón inexplicable, su pulso se aceleró al escuchar el nombre del pequeño duende llamado Pearl.

—No, señor, su tía se ha indispuesto con una gripe, ha dado instrucciones de no ser molestada. En cuanto a las jóvenes, lady Abby es, por lo que se ve, una lectora voraz, por lo que se mantiene leyendo en el salón principal. —Jarvis calló y tuvo la intención de abandonar la habitación.

—Espera, Jarvis... ¿Y la otra joven?

—La señorita Pearl, es un quebradero de cabeza, se escabulle por todo el castillo, es una joven inquieta; además, lady Alice me ha advertido que tiene una salud débil.

—¿Qué quieres decir? —preguntó levantándose de súbito de la silla.

—Aparentemente, la joven se enferma con facilidad, por ello lady Alice le ha prohibido ir a verla.

—Está bien, Jarvis, avísame si la salud de mi tía empeora —contestó distraído volviéndose a sentar frente a la bandeja, ajeno a la mirada de suficiencia de su mayordomo.

Pearl tamborileaba con sus dedos sobre la mesa donde su amiga Abby le había acompañado a tomar el té, el ama de llaves le había comunicado que el delicado salón había pertenecido a la madre del duque.

—¿Puedes dejar de hacer ese ruido con los dedos? —exigió Abby.

—Sabes que lo hago mientras estoy pensando —respondió mirándola apenada.

—Si no logras entrar a su guarida, no creo que logres mucho —le advirtió Abby llenando nuevamente su taza del humeante líquido.

—Parece que el duque construyó en el cuarto piso una segunda biblioteca, que es donde trabaja.

—¿Cómo lo has averiguado? —preguntó curiosa.

—Muy fácil, siempre hay una doncella que es incapaz de mantener la boca cerrada —respondió tomando con cuidado la tetera por el asa.

—En eso te doy la razón —respondió Abby con fastidio.

—Tengo que buscar la manera de entrar —le dijo decidida.

Pearl se sirvió su té con la mente fija en su objetivo, lo mejor era mantener en secreto que el duque la había acompañado en su recorrido nocturno, Abby no la dejaría en paz y ella necesitaba planear un encuentro más cercano; si el duque estaba tan desfigurado, seguramente, no querría estar cerca de ella. Lo primero era ver su cara; lo segundo, dejarle claro que su aspecto no le producía ninguna animosidad. «¿Y si está muy estropeado?, se preguntó frunciendo la pequeña nariz. «No seas tan pesimista, por lo menos, huele muy bien», pensó sonriendo con picardía.

—En serio, Pearl, deberías ver vuestro rostro mientras se te enfría el té en las manos. ¿En serio piensas que no sé que ha sucedido algo? Te conozco demasiado bien. —Abby la señaló con su dedo.

Pearl colocó la taza sobre la mesa y se rio de buena gana. Aunque tenía aprensión por ver al duque, lo cierto es que se estaba divirtiendo al intentar idear un modo de llegar hasta él, hacía tiempo que no se sentía tan motivada.

—Confía en mí, Abby, sabes que no te ocultaría algo de suma importancia. Estoy segura de que no me hablarías de vuestras intimidades con Sterling —respondió levantando una ceja.

—¡Pearl! —exclamó escandalizada.

—No disimules que brincas de gozo con las inesperadas atenciones de mi hermano mayor. Honestamente, no sé qué le puedes ver, es insufrible. —Pearl puso cara de asco mientras se llevaba un enorme bollo bañado de miel a su pequeña boca.

Abby la miró enfurruñada, negándose a caer en la trampa de su amiga, no pensaba hablar de Sterling con ella, especialmente, cuando ella misma no tenía ni idea de qué se le había metido al hombre en la cabeza. Jamás le había hecho caso, más bien, siempre había sido invisible a sus ojos y de buenas a primera la miraba como un plato suculento de estofado, sabía muy bien que ese era su preferido a la hora de la cena.

A lo largo de los años, se había vuelto adicta a observarle en el anonimato, a escuchar todo lo más que pudiera sobre él, en fin, que no se valía de que ahora él se pusiese en plan de pretendiente, ella no se lo creía, debía haber algún motivo oculto que ella se encargaría de averiguar.

—¿Tendrás cuidado? —preguntó obligándose a dejar a Sterling fuera de su mente.

—Te lo prometo.

—Entonces me iré al cuarto de costura, estoy zurciendo unos pañuelos que deseo regalar en Navidad.

—Tengo que aprovechar que mi madrina está en su habitación y no piensa bajar.

—No puedo creer que digas algo así.

—Es solo una gripe, mi madrina es muy fuerte, te aseguro que aun enferma se está atiborrando de dulces —contestó levantando los hombros, restándole importancia.

—De cierta manera, tienes razón, estamos muy lejos de Londres, nadie sabrá si rompes alguna norma social —respondió dándole la razón.

—Normas, dilo en plural, porque, mi querida Abby, las pienso romper todas —respondió con una sonrisa maliciosa que hizo a Abby sonreír.

«Pobre duque, si supiera qué le espera, se largaría a Escocia nadando», meditó mientras se levantaba del comedor y dejaba a Pearl maquinando sus próximos pasos.

# Capítulo 7

**P**earl se incorporó de golpe asustada, su ondulada cabellera rojiza le cubrió gran parte de su rostro, se había quedado profundamente dormida. Se apartó su cabello con impaciencia resoplando exasperada, volvió a recostarse sobre los mullidos cojines mientras miraba con expectación las lámparas de Voltaire encendidas alrededor de la habitación, se le había pasado la hora de su caminata.

Se mordió el labio pensativa, tal vez podría intentar subir al último piso del castillo y husmear un poco entre las cosas que rodeaban al duque, no era lo más indicado, pero en las circunstancias que se encontraban había que saltarse algunas normas, ¿cómo podría conocerle si no se atrevía a subir a sus dominios? Cada día contaba y ella sentía una sensación extraña en el corazón que la impulsaba a ir tras él; además, el duque estaría caminando por la playa, ella sabía que a los perros les fascinaba hacer largas caminatas, y su setter inglés era un perro con mucha vitalidad. Sonrió al recordarle, el nombre era muy acertado, era todo un rey, la había escoltado hasta la puerta como todo un caballero.

Se levantó de un salto acercándose a la hermosa jofaina en crómica con diseños florales sobre el aparador y se refrescó el rostro, se pellizcó las mejillas para darles un poco más de color, sonrió traviesa ante la oportunidad de conocer un poco más sobre los gustos de su excelencia, le fascinaba lo desconocido. Descartó recogerse el cabello, era demasiado largo y abundante para manejarlo ella sola, miró las lámparas a su alrededor y se decidió por la más pequeña, que estaba justo al lado de la puerta sobre una pequeña mesa, la tomó con cuidado y abrió la puerta.

El corazón le comenzó a bombear más rápido, siempre era igual cuando se disponía a hacer alguna cosa impropia. Sacó su pequeña cabeza por la puerta, miró a ambos lados sonriendo, encantada al ver el pasillo silencioso; había descartado ponerse los escarpines, sería mejor caminar solo con las medias, aunque luego las tuviese que botar. Se adentró por el corredor excitada buscando las escaleras que la llevarían al último piso, le constaba que nadie, a excepción del mayordomo o alguna doncella, subía hasta allí, una gran sonrisa se dibujó en sus labios al ver que no había ningún lacayo al pie de las escaleras.

«Vamos, Pearl, es vuestra oportunidad», pensó mientras subía con cautela los dos pisos restantes.

Llegó sin dificultad hasta lo alto de las escaleras. Para su desconcierto, en todo el pasillo, que era bastante largo, solo se veía al final del corredor una puerta ancha de madera oscura. Al acercarse, se dio cuenta de que debía ser relativamente nueva, la madera lucía brillante. Se volvió a girar para mirar el pasillo por el que había avanzado, había lámparas estratégicamente colocadas a lo largo de este y una mullida alfombra color burdeos lo recorría por entero, una vez más tuvo que admirar la belleza del castillo. Decidió colocar su lámpara en la mesa más cercana, al salir se la llevaría, no era prudente entrar con una lámpara a las habitaciones del duque.

Su pequeña mano se aferró al picaporte y con mucha suavidad lo giró y lo abrió evitando que la puerta chirriara, entró con pausa, atenta a cualquier sonido. Justo en la entrada había una mesa donde descansaba una vela, en el lado derecho había un aparador, que presumiblemente la servidumbre lo usaría para dejar las bandejas de comida del duque. Tomó aire y entró despacio a la habitación, estaba en penumbras, solo se iluminaba con velas, lo que le pareció una estupidez, ya que el castillo estaba muy bien iluminado.

Se adentró caminando en puntillas, buscando alguna mesa; si escuchaba cualquier ruido, podría fácilmente escabullirse debajo de ella, como tantas veces había hecho en el pasado. Sus ojos se iluminaron al ver en el centro de la estancia un enorme escritorio de nogal, no había duda de que al duque le gustaba el lujo y la comodidad.

Aguzó el oído, pero la habitación estaba en total silencio, se acercó al escritorio mirando con interés los libros que descansaban sobre el elegante mueble, todo estaba pulcramente ordenado. «Totalmente opuesto a mí», pensó haciendo un ridículo puchero. Su mirada fue enfocando cada punto de la habitación, era un despacho, había libros en sus paredes, pero no estaban apiñados como en la biblioteca que había visitado en el primer piso, al parecer, el duque usaba aquella estancia para trabajar.

La chimenea en mármol tomaba casi toda la pared izquierda y era precisamente al final de dicha pared donde se encontraba otra puerta que ella supuso de inmediato llevaría a sus habitaciones privadas. Se volteó acercándose al lado derecho de la habitación, donde había menos iluminación; allí también había una puerta, pero era más pequeña, supuso sería la del baño.

Se giró asustada al escuchar unos fuertes pasos que se acercaban por el pasillo, seguidos de un ladrido. Tragó hondo y sin pensarlo corrió hacia la parte trasera del escritorio y se metió de rodillas debajo de este; a pesar del ajoro por esconderse, no pudo evitar darse cuenta de lo espacioso del mueble, se acurrucó en un rincón, mientras se llevaba la mano a la boca, «no puede ser», pensó cerrando fuertemente los ojos en anticipación. «Qué mala suerte —pensó con el corazón desbocado—, si me descubre, seguramente, pensará que estoy loca», meditó moviendo la cabeza en negación y cerrando fuertemente los ojos.

—Vamos, King, la chimenea nos dará calor —invitó Osbert a su perro mientras se quitaba el pesado abrigo—. Hubiese jurado que cerré la puerta al salir… —murmuró Osbert en voz alta.

Había salido antes de lo habitual a dar su caminata nocturna, con la esperanza de poder ver de nuevo, aunque fuese de lejos, a su invitada, pero, por lo visto, el frío la había mantenido dentro del castillo. Se acercó a la chimenea y puso ambas manos cerca del fuego, se le habían olvidado los guantes. Hizo una mueca con los labios al ver su mano quemada, el frío le hacía sentir un dolor intenso en las articulaciones; sin embargo, desde que la joven le había dejado ver que había estado consciente de su presencia, no tenía cabeza para nada más que para el sonido de su refrescante sonrisa.

Se pasó una mano por su cabello con impaciencia, habían pasado demasiados años desde que había tenido cerca a una mujer, lo más seguro era eso lo que lo mantenía alterado y ansioso. «Es una niña, Osbert, huele a ingenuidad, a frescura primaveral», pensó con tristeza. Sería mejor ponerse a trabajar un poco más, su cargamento de whisky de las tierras altas escocesas arribaría en cualquier momento y tendría que ocuparse de enviar los encargos a Londres.

Tenía varios clubes como clientes, entre ellos, el Venus, el cual pertenecía a su viejo amigo, el duque de Marborough. Había sido un acierto su asociación con el respetado clan Campbell para comprar todas sus barricadas de whisky, Osbert era el primero en admitir la excelente calidad del licor. Los tentáculos de sus negocios se extendían hasta Estados Unidos. No sabía quién sería el heredero de su título, ni le importaba, pero debía sentarse con su abogado para decidir a quiénes les dejaría su inmensa fortuna personal.

Pearl juntó las manos debajo de la mesa como si fuese a rezar, se había metido en la boca del lobo y ahora estaba atrapada debajo de su mesa. «¿Qué le voy a decir si me descubre?», pensó mientras abría un solo ojo para mirar mientras terminaba la oración a su ángel de la guarda, quien seguro se estaba escondiendo en alguna parte del cielo para no escucharla más, ella era la primera en aceptar que era una pesada.

King se acercó con sigilo a la mesa y clavó su mirada ámbar en ella. «Hum, creo que esta niña quiere que mi señor la conozca, ayudaré al destino y, de paso, me quito el aburrimiento», meditó King antes de comenzar a ladrar logrando que Pearl descartara el rezo y se pusiera alerta al ver los ojos del perro mirando hacia ella.

El corazón se le quiso salir del pecho, se puso el dedo en los labios intentando que el setter se callara, pero el maldito traidor comenzó a ladrar más alto, Pearl hubiese jurado que el perro lo estaba disfrutando.

—¿Se puede saber qué te sucede? —preguntó Osbert

mirando con el ceño fruncido a su perro mientras miraba con atención hacia el escritorio.

King continuó ladrando con insistencia, intentando meterse debajo del escritorio. Pearl se dio por vencida, el perro lo estaba haciendo a propósito, él sabía que ella no era un peligro, de lo contrario, hubiese entrado a su guarida y la hubiese sacado a jalones. Tomó una fuerte bocanada de aire y se encomendó a todos los santos, se arrastró sacando su cabeza por debajo de la mesa, su cabello casi la ocultaba por completo, así que cuando subió el rostro y encontró la cara de espanto del duque se resignó a su suerte. Había comenzado muy mal, no era esta la manera que había deseado que fuese su primer encuentro, no solo estaba hecha un desastre, sino que de seguro nunca la tomaría en serio.

—¡Qué demonios! —exclamó Osbert abriendo sus ojos, horrorizado ante la aparición de la joven, que salía de debajo de su escondite.

Pearl se puso de pie sacudiéndose el pelo en silencio, tenía vergüenza de levantar la vista. Siguió sacando polvos imaginaros de la falda de su vestido, ignorando la intensa mirada del hombre, podía sentirlo. «Debes presentarte —le recordó su voz interior— estás frente a un duque», continuó la voz dentro de su cabeza.

Apretó fuerte la mandíbula y lentamente levantó su rostro, tuvo que elevar bastante la mirada, porque el duque era altísimo en comparación con ella. «Debí imaginarlo», pensó contrariada.

—Lady Pearl Exeter, su excelencia —dijo atropelladamente, haciendo la inflexión de rigor y extendiendo su mano sin guantes para ser besada.

Osbert la escrutó en silencio mirando su mano desnuda, no tenía idea de lo que la joven había estado haciendo debajo de la mesa, sin embargo, a pesar de los años de aislamiento, sabía que no era normal.

Ladeó la cabeza para observarla mejor. «¿Estará perturbada?», pensó mirándole con intensidad.

—Su mano está descubierta, milady —le dijo mirándola desde arriba.

Pearl miró su mano extendida y cerró los ojos con fuerza al darse cuenta de su frescura, «perfecto, Pearl, ahora pensará que eres una desvergonzada», pensó sonrojándose.

—No debería estar aquí —aseguró irguiéndose en toda su altura, con una mirada acerada—. Está con su cabello suelto y en una habitación con un hombre soltero a solas —terminó en tensión. —¿No le importa vuestra reputación? O es que tiene intención de comprometerme, porque si es así, le advierto, milady, que la única perjudicada será usted al verse encerrada en este castillo el resto de su vida —le dijo sin emoción.

Pearl no pudo evitar ponerse nerviosa, si su hermano Sterling resultaba a veces intimidante, el duque simplemente la había dejado sin habla.

—Mis disculpas, milord, no ha sido esa mi intención, solo sentía curiosidad por usted, jamás se me hubiese ocurrido nada de lo que me acusa, en especial, porque no nos conocemos —le dijo avergonzada de sus palabras tan directas—. Ha sido imperdonable entrar a su despacho sin ser invitada —se excusó mientras se retorcía las manos, nerviosa.

—Usted está sin una carabina ante mi presencia, milady —respondió acerado sin conmoverse ante los nervios de la joven.

—Pearl, todos me llaman Pearl —respondió retirándose el cabello del rostro mientras se lamía los labios nerviosa ante la expresión adusta del duque.

—No me parece adecuado, milady. Es más, pienso

que es una temeridad — recalcó severo mirándola con fijeza.

—No estamos en Londres, milord —respondió intentando que se relajara. Aunque la habitación no estaba muy iluminada, se podía ver la rigidez en su postura.

—Un caballero debe proteger la reputación de una dama siempre, es su deber —respondió con seriedad—, no puedo creer que se le permitan tales libertades.

Osbert se quedó allí mirándola sin saber cómo reaccionar, se sentía obligado a dejarle ver lo inapropiado de su conducta, pero al mismo tiempo no podía apartar su mirada del glorioso cabello ondulado que caía como una cascada por su cuerpo y llegaba casi hasta sus pies; imaginó a dos doncellas intentando ponerlo en orden.

A pesar de la penumbra, se podía apreciar su piel blanca inmaculada y, para su vergüenza, sus ojos no pudieron evitar descender hacia el atractivo corpiño, que dejaba entrever unos pechos turgentes. «Si no fuese por ellos, creería que es una niña», pensó perturbado por sus inadecuados pensamientos: irradiaba luz, un ángel de cabellos del color de las llamas de su chimenea, con la carita más hermosa que jamás había visto. En ese momento odió no tener las lámparas modernas que había hecho instalar en todo el castillo.

Dio un paso atrás poniendo más espacio entre ambos, tendría que amonestar a su tía, era inaudito que no estuviese al pendiente de las correrías de su ahijada, a primera vista, la joven no había sido correctamente educada sobre lo que se esperaba de ella.

—Se da cuenta de que es inapropiado lo que ha hecho —le dijo con una tranquilidad que estaba muy lejos de sentir.

—Lo sé, milord, pero me desperté tarde y antes de ir

a buscar algo para comer quise conocer un poco más del castillo —improvisó Pearl intentando que el ambiente se relajara, sospechaba que el duque de Cambridge era un caballero muy apegado a las normas sociales.

Ella se había criado entre tres hermanos varones y sus amigos, sin embargo, observando al duque, ninguno de ellos tenía ese porte tan majestuoso, no era alguien a quien se le pudiera contradecir, había algo en su mirada que la cohibía. Pearl supo de inmediato que no podría manipularle como hacía con su padre y sus hermanos, ladeó el rostro y lo estudió. «Debería sentirme desilusionada, pero no es así —meditó—, lo siento inalcanzable», pensó con tristeza.

Él la estudió en silencio, algo no encajaba, sentía que se le escapaba alguna cosa. ¿Por qué la curiosidad de la joven hacia su persona? Mirándole, no tenían nada en común, era una niña. ¿Por qué se había escondido debajo de la mesa?

—No hemos sido presentados formalmente, no creo que mi tía favorezca su comportamiento, milady —insistió intentando hacerla entender que haber entrado a su biblioteca privada había sido un error.

—Mi madrina es una dama muy moderna para su tiempo —respondió levantando su mano en un gesto que denotaba que no era una preocupación para ella—. Además, usted seguramente goza de toda su confianza —agregó confiada.

Osbert levantó una ceja ante la ligereza de la joven, en apariencia, las etiquetas sociales habían cambiado desde que se había retirado de la vida pública. Lo que más le incomodaba de la inusitada situación era sentir que la joven no lo consideraba una amenaza, estar a solas con él no le había producido ese nerviosismo característico de las debutantes y eso lo hizo sentir incómodo; sí tenía cicatrices, pero se consideraba joven todavía. Y lo que era más importante, su libido estaba intacta.

—Conozco a su padre, fue un amigo personal del mío —dijo al fin.

—Entonces estará de acuerdo en que no deberíamos ser tan formales —respondió mirándolo esperanzada.

—Al contrario, es usted una dama casamentera y yo soy un hombre soltero, no me parece bien que estemos aquí a solas sin su carabina.

—Bueno, mi madrina se encuentra en el castillo. Y su perro también está aquí. Por cierto, ¿cómo se llama este precioso? —preguntó girándose a acariciar su cabeza. «Hummm, ella sí sabe lo que le gusta a un perro», gimió de placer King ante la suave caricia.

—Se llama King —respondió Osbert distraído por un momento en la cara de placer de su perro. Sintió una ligera punzada de envidia que le hizo apretar el puño.

—Debí suponerlo, tiene el porte de un rey. Es hermoso —dijo sonriendo al ver cómo el setter se acercaba más a ella en busca de arrumacos.

—Está desviando mi atención, milady —le recordó negándose a caer en el viejo truco.

—No lo hago, sé que tiene razón en recordarme que es inadecuado que estemos los dos solos, pero extrañamente me siento segura ante su presencia —le confió—. Mi madrina nunca me hubiese traído con ella si no hubiese estado segura de que estaría al resguardo en el castillo —le respondió con dulzura haciendo que las pulsaciones de Osbert se dispararan.

Osbert desvió la mirada de su adorable rostro, se negó a caer en su embrujo, algo le decía que había más de lo que ella estaba diciendo, tenía todos los sentidos en alerta.

—Hablaré con mi tía para pedir su consentimiento para mostrarle los alrededores del castillo, por lo que pude observar la pasada noche, es demasiado arriesgada —respondió—, no es seguro que camine sola por la playa.

Pearl se acercó clavando sus ojos verdes en el rostro del duque, era mucho más guapo de lo que hubiese pensado, sus rasgos eran elegantes y no veía quemaduras por ningún lado.

—No le han enseñado que no es apropiado mirar así a una persona. —Osbert se negó a dar un paso atrás ante la invasión de su espacio de manera tan descarada.

—Sí, pero es que se supone…

—Que tenga el rostro desfigurado —terminó dejando ver su molestia.

—Sí —respondió honesta—, mi madrina lo mencionó.

Osbert respiró profundo, tendría que dialogar seriamente con su tía de esa manía que tenía de hablar de los asuntos personales de los demás. Apartó su cabello del rostro dejándole ver el área cercana a su oreja. Su sorpresa fue mayúscula al sentir la mano de la joven acariciando esa área de su rostro, se quedó petrificado ante la inesperada caricia. Y casi estuvo a punto de gemir como lo había hecho minutos antes King.

—¿Por qué se mantiene a oscuras si sus cicatrices no son ofensivas a la vista? —preguntó entrecerrando los ojos, evaluando las quemaduras.

«Sí está quemado, pero no es para tanto», pensó.

—No creo que sea un tema que desee hablar con una desconocida —respondió dejando caer nuevamente su negro cabello sobre el rostro, retirándose un poco del cuerpo de la joven.

—Ya no lo soy —respondió cruzando las manos frente a su pecho, mirándolo envalentonada—, soy su invitada y la ahijada de vuestra tía, además de ser la nueva amiga de vuestro perro.

King levantó la cabeza y ladró dándole la razón. «Me gusta esta niña, tiene carácter, —King la olisqueó disfrutando de su olor—, si mi amo no es inteligente, yo sí», pensó mientras aceptaba las caricias.

—La acompaño hasta su habitación. —Osbert se apresuró a abrir la puerta, se sentía responsable de la virtud de la joven.

—Podríamos hablar un poco más, además tengo mucha hambre —se quejó llevándose la mano al estómago.

—Es muy tarde…. —comenzó a excusarse.

—No podré dormir —insistió.

Se miraron en silencio. Osbert intentó grabarse su rostro en su mente mientras Pearl lo miraba embelesada sin todavía poder creer que había encontrado  a su príncipe azul y era mucho más guapo de lo que se hubiese atrevido a soñar.

—La acompañaré a la cocina, estimo podrá encontrar algo que pueda comer, la servidumbre está durmiendo a estas horas —contestó con una calma que no engañó a Pearl.

—Gracias, tengo mucha hambre. —Pasó por su lado con una sonrisa que hizo que él tensara la mandíbula.

—¿Y sus zapatos? —preguntó mirándole los pies descalzos.

—No quería hacer ruido —contestó evitando su mirada—. ¿No viene King? —preguntó girándose a buscar al perro.

—No, se quedará arrebujado frente a la chimenea, muy lejos de vuestra influencia —respondió señalándole las escaleras.

Pearl llegó primero hasta ellas, pero se volteó a esperarle.

—Iré adelante —le dijo pasando a su lado.

Pearl asintió en silencio bajando detrás de él, lo que le dio la oportunidad de observar su cabello que, para su sorpresa, llegaba casi a la mitad de su espalda; al contrario que el de ella, era liso y abundante. Lo siguió en silencio con miedo de cometer alguna otra indiscreción, llegaron hasta el primer piso, donde él se adentró en un ancho pasadizo donde había varias puertas, se detuvo en la tercera del lado derecho, y la empujó.

—Oh, por Dios, pero si es enorme —exclamó sin poder evitarlo al ver los fogones y las mesas dispuestas en el centro, llena de canastas de mimbre cubiertas con paños de lino blanco.

Como lo había anticipado el duque, la inmensa cocina estaba desierta, sus ojos brillaron divertidos al ver a la joven dirigirse de inmediato a las canastas que descansaban sobre las mesas.

Pearl ignoró el silencio de su acompañante y suspiró con placer al levantar el paño de lino que cubría la primera canasta, había pan. Tomó un pedazo y siguió buscando cómo acompañarlo.

—Aunque el castillo está bien caldeado, no debería estar sin zapatos, podría refriarse —le dijo Osbert recostándose en la entrada, cruzando los brazos en el pecho, atento a cómo ella iba destapando las canastas y tomaba lo que más que le gustaba.

Clavó sus ojos en sus labios, eran del color de las manzanas, su fruta predilecta. Un pensamiento impuro de él besando esos inocentes labios le hizo desviar la mirada y sentirse culpable.

—¿Por qué se esconde en el último piso? —preguntó saboreando un trozo de pan con miel.

—No me estoy escondiendo, milady —respondió regresando su mirada a sus labios, que en esos momentos estaban bañados de miel.

Su entrepierna se endureció obligándole a incorporarse, sorprendido ante su reacción tan desproporcionada. «Por Dios, solo esto me faltaba», pensó desviando la vista nuevamente.

—Deme su palabra de honor que no se esconderá de mí —le dijo Pearl, inocente de lo que estaba provocando en el hombre frente a ella, quien se le antojaba inalcanzable.

—Nunca lo he hecho —respondió caminando hasta ella, que se había sentado a comer en la mesa donde comía la servidumbre.

—Sí lo ha hecho y ha sido de muy mala educación, milord —le dijo señalándole la silla frente a ella.

Osbert se sentó en silencio, mirándole con curiosidad al ver que se servía de todo sin remilgos, disfrutando de lo que comía.

—Hábleme un poco de usted —le pidió sin poder ocultar su curiosidad y con la esperanza de que sus pantalones no le pusieran en evidencia.

—No hay mucho que contar. Si conoce a mi padre, sabrá que tengo tres hermanos —le dijo mientras cortaba un trozo de queso.

—Recuerdo a lord Sterling, aunque no teníamos amistades en común, coincidíamos en el White —le dijo descansando su mano enguantada sobre la mesa.

A Osbert no le pasó desapercibida la mirada de la joven y supo de inmediato que sabía por qué la llevaba cubierta, por lo visto, su querida tía lo había dicho todo.

—Sí, mi hermano mayor es de su generación —

respondió llevándose un dedo lleno de miel a los labios, lo que la hizo gemir de deleite.

Osbert se quedó sin aire al verla lamer su dedo, el corazón se le detuvo de la impresión y todo su cuerpo sintió un ramalazo de deseo que casi lo hizo gemir en voz alta. Dios mío, en solo minutos ella le había recordado que todavía estaba vivo de la cintura hacia abajo.

—¿Se casó? —preguntó con dificultad.

—No, aunque creo que eso va a cambiar muy pronto —contestó mirándole con curiosidad ante el cambio de tono en su voz, sonaba como si le doliera alguna cosa.

—No la entiendo —dijo intentando sin lograrlo que su entrepierna aflojara la presión en su pantalón.

—Creo que mi hermano piensa cortejar a mi amiga Abby, quien también está aquí —le dijo en tono de secreto.

—Pero es muy joven —respondió sin ocultar su sorpresa.

—Su excelencia, parece que ha olvidado que la mayoría de los matrimonios concertados son entre damas jóvenes y caballeros mayores. ¿Cuándo me comenzará a tutear? —insistió.

—Nunca he tuteado a una dama —contestó escrutándola con intensidad—. Ni siquiera tuteo a mi tía.

—¿Nunca? —preguntó abriendo los ojos por la sorpresa.

—Nunca —respondió con seriedad.

—Entonces seré la primera, quiero escucharle llamarme Pearl —respondió sonriente con sus ojos chispeantes de malicia—. Tiene un cabello hermoso, milord, de un negro muy brillante y liso —dijo tomando a Osbert por sorpresa.

—Tendré que decirle a mi tía que deben cerrar la

escuela de señoritas donde fue educada —le respondió intentando mantenerse serio ante el inesperado halago, que lo había tomado desprevenido.

Pearl se carcajeó dejándolo embobado ante el efervescente sonido, hacía una vida que no escuchaba una risa tan chispeante.

—Le doy la razón, milord, casi me echan, soy muy buena buscando problemas, pero es que no veo la razón para que no nos tuteemos cuando solo estamos los dos —insistió sin dejarse amedrentar por su pose de hombre inquebrantable.

—Mis principios no me lo permiten —le dijo con sinceridad—, hay educaciones muy rígidas y la mía fue una de ellas, solo a mi esposa podría llamarle por su nombre, siempre que ella me lo permitiese.

—Pues déjeme a mí llamarle por su nombre —le instó con sus ojos brillantes.

Osbert respiró hondo, su mirada se paseó por la cocina meditando la contestación, darle su consentimiento para llamarle por su nombre era una manera de acercarlos de un modo más íntimo, no quería cometer una indiscreción donde la joven quedara atada a él, estaba demasiado llena de vida, juventud, sería como cortarle las alas a un pájaro.

—¿Me promete que solo será cuando estemos a solas? —preguntó entrecerrando los ojos, inclinándose hacia al frente para mirarla más de cerca.

—Es una promesa —dijo con una gran sonrisa que lo dejó sin aire—, a pesar de lo que pueda pensar, jamás me tomaría tal confianza, me educaron en la reputada escuela de la señora Garrett, puede que le haya hecho perder la paciencia algunas veces, pero en general fui bien aplicada.

Osbert asintió reconociendo el nombre de la dama.

Se mantuvo en silencio permitiéndole disfrutar de la comida. Pero al poco rato no pudo evitar continuar el interrogatorio.

—¿Por qué viajó con mi tía? ¿Por qué pasar la Navidad aquí tan apartada de todos? —preguntó curioso.

—¿Quiere pan con queso? Está muy rico. —Pearl se levantó de un salto y se dispuso a salir corriendo, si había algo que hacía muy mal era mentir, así que lo mejor era irse a dormir.

—Hasta mañana, Osbert, espero que me acompañes a caminar. —Pearl ya estaba en la puerta cuando se giró a mirarle, incapaz de retirarse sin decirle lo que pensaba.

—Es un hombre muy atractivo, sería un desperdicio que se quedara oculto entre estos gruesos muros. Todavía está muy joven, una dama como yo estaría muy halagada si obtuviera sus atenciones —le dijo antes de salir casi corriendo.

Osbert se quedó allí sentado mirando cómo la ninfa se había fugado, porque eso era exactamente lo que había hecho. Se negó a contestar la pregunta del motivo de su presencia en aquel lugar tan apartado. «Si es lo que estoy sospechando, te voy a matar, tía, y luego te tiro por los acantilados», pensó llevándose la mano a la cicatriz, una sonrisa de medio lado se dibujó en sus labios.

Le había visto y no se había espantado, sino todo lo contrario, le había acariciado, todavía podía sentir sus dedos sobre su piel. Y, lo que era más importante, le había recordado que todavía era un hombre y su cuerpo respondía a los deseos propios de su hombría.

# Capítulo 8

¿Qué ha pasado, Jarvis? Necesito saber qué está ocurriendo. —Alice se sentó con dificultad acomodando sus anchas caderas en una de las butacas que estaban frente a la chimenea que mantenía caldeada la habitación.

—Creo, milady, que anoche tuvimos mucha suerte, su excelencia se encontró con la señorita Pearl. Usted tenía razón, la señorita Pearl propició el encuentro, creo que debemos tener paciencia y dejar que todo siga su curso. Estuvieron bastante tiempo juntos, si me permite el atrevimiento, más de lo que las normas del buen decoro lo permiten —respondió el mayordomo colocando la bandeja con el desayuno en una mesa al lado derecho del sillón, antes de dirigirse a los anchos ventanales para abrir las gruesas cortinas verde que dejaban que la luz entrara a la estancia.

A pesar del frío y la amenaza de nieve, los rayos del sol se empeñaban en alumbrar el día.

La pensativa mirada de Alice se perdió a través del ventanal, no deseaba equivocarse, había mucho en juego, no podía negar que deseaba un final feliz. Se acomodó su chal y se arrebujó más en el mullido sillón, mientras Jarvis acomodaba los utensilios para que ella pudiese desayunar.

—Creo, milady, que por primera vez estoy de su lado, su excelencia está interesado —le dijo mirándola satisfecho.

—¡Lo sabía! —respondió con una gran sonrisa en su rostro rechoncho.

—Debo advertirle que el señor es una persona muy inteligente que seguramente sospechará de sus intenciones —le advirtió.

—¿Qué quieres decir, Jarvis? —preguntó mirándolo inquieta.

—Que no se va a creer el cuento de que usted haya viajado a pasar las Navidades en el castillo con su ahijada sin alguna razón oculta —respondió con honestidad—. Aunque el castillo es un lugar hermoso, lo cierto es que es muy solitario para traer a dos damas jóvenes acostumbradas a la vida de la ciudad en plenas fiestas navideñas.

Alice se metió una lonja de tocino a la boca y asintió. Jarvis tenía razón, su sobrino no era un jovenzuelo a quien se le podía manipular, al contrario, era alguien con mucho carácter que no se tomaría muy bien que su tía estuviese intentando emparejarlo, así fuese por una buena causa. Habría que ir con pie de plomo si no querían echarlo todo a perder, el futuro del ducado de Cambridge y de su sobrino estaban en juego.

—¿Qué sugieres, Jarvis? Sabes que siempre te he tenido en alta estima —le dijo mirándole con coquetería, lo que hizo al mayordomo dar dos pasos hacia atrás clavando sus ojos en ella con suspicacia.

«Ya me extrañaba que no se hubiese insinuado antes», pensó Jarvis mirándola resuelto, por años había tenido que hacerse el desentendido ante los avances de la tía de su señor. No negaba que la mujer le atraía, tenía buenas carnes, especialmente unos enormes pechos que eran su debilidad, pero él tenía claro quién era, no pensaba enlodar su posición de mayordomo del duque, no se podía permitir ese tipo de complicaciones; además, ya se le había pasado el tiempo y, aunque le costara admitirlo, su entrepierna no estaba por la labor.

—Su excelencia vendrá a hablar con usted. Y ya sabe cómo es cuando desea obtener alguna información, no deja de ser intimidante. Debe estar preparada, debe utilizar la astucia, le sugiero que le deje ver las virtudes de la joven. Lo haría meditar un poco de lo que se está perdiendo mientras continúa con el propósito de mantenerse alejado de la sociedad —le dijo apartándose más de ella, con cautela.

Alice meditó sus palabras mientras masticaba, frunció el ceño, su sobrino podía ser muy perspicaz, Jarvis tenía mucha razón al prevenirla, tendría que utilizar toda su astucia para no dejarle ver cuáles eran las verdaderas razones para haber traído con ella a su ahijada, especialmente cuando estaba segura de que Osbert sabía que se aproximaba la apertura de la nueva temporada y, por la edad de Pearl, lo normal sería que fuese presentada formalmente ante los miembros de la nobleza.

—Ya se me ocurrirá algo, mantén a la servidumbre al tanto de nuestros planes, necesitamos aliados para que se encuentren a solas. Mi ahijado es un caballero con ideas muy arraigadas, es curioso que pertenezca a una fraternidad en la que la mayoría son unos libertinos sin ningún respeto por las normas sociales y él haya mantenido esos pensamientos tan tradicionales y aburridos.

—¡Milady! —No pudo contener su indignación ante los pensamientos tan ligeros de la mujer que le había estado martirizando por años.

—No te hagas el inocente, Jarvis, sabes muy bien que llevo años intentando que te metas a la cama conmigo —respondió serena metiéndose otro bollo de canela en la boca.

—Voy a hacer como que nunca escuché lo que acaba de decir, milady —respondió tensando el cuerpo.

—Deberías sacarte alguna vez ese palo que tienes metido en el culo, y revolcarnos juntos en un buen refriegue de sexo y lujuria. —Alice le guiñó un ojo sonriendo ladina al verle sonrojar de indignación—. Tranquilo, que no pienso seducirte, ahora ve y asegúrate de que esos dos se puedan seguir encontrando a solas sin interrupciones.

—Algún día… —comenzó el mayordomo.

—Algún día me sorprenderás viniendo a mi habitación completamente desnudo, todavía tenemos tiempo, Jarvis, mientras hay ganas, no todo está perdido —le dijo provocándole con una sonrisa en los labios.

Jarvis salió con toda la dignidad que sus años como mayordomo le habían enseñado. «Maldita bruja, esta noche no dormiré pensando en sus dos sandías sobre mi rostro», pensó acalorado saliendo de la estancia de la impúdica baronesa de Doncaster.

Abby zarandeó a su amiga para que se despertase, era raro que Pearl estuviese durmiendo a esas horas. Pero le había esperado pacientemente en el cuarto de costura para intentar convencerla de dar un paseo por la playa y no había aparecido en toda la mañana.

—Pearl, puedes abrir los ojos, es casi medio día y me gustaría dar una caminata por la playa —suplicó Abby.

Pearl abrió un ojo refunfuñando, se había quedado dormida de madrugada con una sonrisa dulce en los labios.

—Ya te escuché, no me sigas pegando —lloriqueó al sentir todavía una pesadez en su cabeza.

—No te estoy pegando, solo quiero que te levantes, te he traído algo de comer —la tentó.

Pearl abrió los dos ojos a regañadientes y la miró enfurruñada, pero se le pasó rápido al ver la cara de preocupación de Abby. Se incorporó deshaciéndose de su espesa melena y se recostó en los almohadones con una gran sonrisa en el rostro. Abby al verla entrecerró los ojos con sospecha, esperaba mala cara hasta que por lo menos su amiga hubiese tomado la primera taza de té. Y allí estaba como si le hubiesen hecho un gran regalo.

—¿Por qué tanta felicidad? —preguntó Abby con sospecha.

Para sorpresa de Abby, Pearl la abrazó casi ahogándola.

—Sabía que este momento llegaría. —Abby sonó agobiada.

—¿A qué te refieres? —preguntó sorprendida separándose, abriendo mientras la sujetaba por los hombros.

—Al momento en que perdieras la cordura por completo —le dijo con cara triste.

Pearl se carcajeó feliz volviéndose a recostar sobre los almohadones y mirándola con picardía.

—Lo conocí anoche —le dijo sin preámbulos, sonriendo satisfecha al ver la expresión de asombro en la cara de su amiga.

—¿Al duque? —preguntó abriendo los ojos, tomándole las manos a Pearl.

Pearl asintió con emoción.

—¿Y que te pareció? —preguntó emocionada.

—Es un príncipe, Abby… —La miró con ojos soñadores, sus ojos verdes centelleaban de la alegría—. Si lo vieras, es muy alto, muy elegante, todo un caballero, no podía dejar de mirarlo, es mucho más de lo que soñé.

Abby le soltó las manos y se levantó como un resorte de la cama, comenzó a caminar de un lado a otro mientras miraba a Pearl, se paró en el centro de la habitación pinchándose la nariz con los dedos mientras cerraba fuertemente los ojos. Pearl no había perdido detalle de la reacción de su amiga y sonrió traviesa porque sabía exactamente lo que pensaba.

—Pearl, ¿estás segura de que el hombre con el cual estuviste conversando era el duque de Cambridge? Se supone que él está desfigurado —le dijo intentando sonar lo más serena posible.

Abby se acercó de nuevo a la cama y se recostó en el pilar que estaba a los pies de la cama, cruzó los brazos al pecho, la expresión de Pearl la estaba preocupando, conocía muy bien ese centellar en su mirada, era el mismo que tenía cuando leían alguna novela romántica, no quería que su amiga se hiciera falsas ilusiones y temía que eso era precisamente lo que había hecho.

El duque lleva una vida recluida por decisión propia y haría mucho más que una cara bonita para hacerlo entrar en razón. Siendo honesta consigo misma, había esperado que su amiga se desilusionara en el primer encuentro y decidiera regresar a Londres, pero su gran sonrisa le decía que aquello no iba a pasar. Su amiga no se daría por vencida, por lo menos, no de inmediato.

Pearl suspiró, esperaba esa reacción de Abby, ella misma se sentía un poco intimidada por su respuesta ante el duque. Cuando le había imaginado lo había hecho como a alguien delicado, suave, algo así como el carácter de su padre, lo había imaginado manejable, pero ninguno de esos adjetivos podían describir al hombre con el que conversó durante la noche.

Era cierto que ella era una romántica que endulzaba todo a su paso, pero también era cierto que siempre había sido muy observadora, tenía el don de ver más allá de un rostro, y el duque de Cambridge era un hombre de carácter. Con unas pocas palabras compartidas, supo que jamás podría manipularle de la misma manera que hacía con su padre, se mantuvo firme en su postura de proteger su virtud y con vergüenza tenía que confesar que le hubiese gustado que fuese tan crápula como los amigos de sus hermanos que no disimulaban su interés, no se le había pasado por alto lo incómodo que se sentía al estar completamente a solas con ella en la cocina, siempre tuvo cuidado de mantener la distancia prudencial entre ambos «Tendré que ser yo quien derrumbe las murallas», pensó con preocupación al estar clara de que su inexperiencia era su mayor desventaja.

—¿Pearl? —preguntó inquieta por su silencio.

—Tiene marcas en su rostro, pero son casi sobre la oreja y su cabello se las oculta. De todas maneras, me parece que la madrina exagera un poco, no me parecen desagradables a la vista —respondió haciendo un ademán con su mano, restándole importancia al asunto.

—¿Es guapo? —preguntó dejando caer sus manos al sentarse en la esquina de la cama.

—Me quitó el aliento, Abby —gritó emocionada.

Abby se tuvo que reír ante el grito de su amiga, si Pearl decía que era guapo, ya nada había que hacer. Ahora todo sería esperar a ver cómo su amiga se las ingeniaba para conquistar al duque de Cambridge.

—Levántate, tomaremos un poco de aire, lady Doncaster está en sus habitaciones, así que no creo que nadie nos moleste —la urgió.

—Yo también quiero ver el mar a la luz del día —le dijo dejándose contagiar por el entusiasmo de Abby, que desde que habían llegado no había mostrado ningún deseo de salir del castillo.

Pearl se bajó de la cama, su camisola azul le llegaba hasta los pies, corrió a la jofaina que descansaba en la mesa de aseo detrás de la mampara, se lavó mientras Abby destapaba la bandeja que le había subido con empanadas y té.

—Sírvete mientras llega la doncella que te ayudará con el cabello —le dijo al verla regresar—, el duque ha invertido mucho en este castillo, los baños son mucho mejores que los que he visto en Londres, incluyendo mi casa —le confesó Abby dejándole ver su asombro.

—Es hermoso, se siente calidez dentro de sus paredes. Incluso el último piso donde él está todo el día ha sido remodelado —le confió.

Pearl se concentró en su comida, al primer sorbo de té advirtió que estaba famélica, por lo que se apuró antes que llegara la doncella.

—¿Lo vas a cazar? —preguntó Abby tomando asiento en la butaca frente a ella.

Pearl se lamió el labio inferior, sus ojos relampagueaban de dicha.

—¡Ese es mi príncipe azul, Abby!, con el que soñaba, del que siempre te hablaba —respondió guiñándole un ojo, metiéndose otro pedazo de empanada a la boca.

# Capítulo 9

Osbert esperaba paciente que su ayudante de cámara terminara de trenzar su cabello, había querido recogerlo además de arreglarse la barba.

—Debería cortar un poco su cabello —le dijo el sirviente.

—Lo pensaré —contestó indeciso, no podía dejar de pensar en el halago de lady Pearl hacia su cabellera.

Negó con la cabeza cuando le quiso poner la casaca, con la camisa azul de muselina bastaba, lo más seguro, estaría trabajando hasta tarde. Se levantó de la silla que estaba dispuesta para su aseo, tomó el perfume y vertió alguna gotas sobre un paño que pasó con suavidad por su cuello y su pecho.

Unas risas se escucharon a lo lejos, se giró extrañado y siguió el sonido que llegaba a través de las ventanas de su habitación que daban a la playa. Se acercó y, para su sorpresa, las jóvenes estaban caminando por la orilla del embravecido mar; entrecerró los ojos, una sensación de posesión lo recorrió al ver a la pequeña joven corriendo con su sombrero en las manos.

—Me retiro, su excelencia. —Se escuchó la voz del ayudante de cámara a sus espaldas.

Osbert no se giró, continuó allí de pie frente al gran

ventanal mirándola reír y bailar frente a las olas. Su amiga intentaba seguirla, pero ella era, al parecer, más diestra. Una cálida sonrisa se dibujó en sus labios al verla gritarle al mar como si este la comprendiese. En un segundo todo cambió, para el horror de Osbert. De improviso, una gran ola se acercó a la playa y engulló a la joven, que desapareció de la orilla; los gritos de la otra mujer no se hicieron esperar. El frasco del perfume que todavía tenía entre las manos cayó estrepitosamente al suelo.

Osbert abrió los ojos con espanto al no ver a la joven emerger del agua, sintió que se le iba la vida, su cuerpo se giró por instinto y salió de la habitación llevándose todo a su paso, sus pies bajaron los cuatro pisos casi sin tocar los escalones. A sus espaldas, escuchó los ladridos de King siguiéndole de cerca, pero su mente estaba fija en llegar hasta ella. «No lo permitas», pensó con el alma en un puño.

Atravesó la sólida puerta de madera llevándose al lacayo que la custodiaba por el frente, no se detuvo ante su mirada sorprendida, dio gracias de tener la habilidad de caminar rápidamente por la arena, sus altas botas de caña negras fueron de gran ayuda, nunca sabría a ciencia cierta cómo pudo bajar con tanta rapidez por aquel camino descendente, que llegaba hasta la playa.

—Pearl. —Abby intentaba ayudar a su amiga, pero el peso del abrigo se lo impedía, miraba aterrada los esfuerzos de la joven por incorporarse.

La ola la había arrastrado mar adentro dificultándole avanzar de nuevo hacia la orilla, a pesar de que el agua solo le llegaba un poco más arriba de la cintura.

Una sombra oscura que pasaba por su lado distrajo momentáneamente a Abby, que se quedó de piedra al ver al hombre adentrarse al mar vistiendo solamente una camisa delgada. Ni siquiera le dirigió una mirada, siguió adelante hasta que pudo llegar hasta Pearl, que intentaba ponerse de pie sin poder lograrlo.

—¡Deprisa, otra ola se acerca! —gritó Abby saliendo de su estupor, intentando prevenir al hombre, que se había adentrado en busca de su amiga.

Por la ropa y el porte, Abby supo de inmediato que se trataba del duque de Cambridge. Mientras lo veía acercarse a su amiga, aceptó con asombro que Pearl se había quedado corta en la descripción: era impresionante.

Pearl miró hacia atrás y abrió los ojos aterrada, no podía nadar con el pesado abrigo y el agua tan fría, intentó impulsarse, pero en ese mismo instante unas fuertes manos la levantaron en el aire.

—Sujétate de mi cuello —ordenó la voz acerada, fría como el mismo mar.

Osbert se negó a dejarse amedrentar por la inmensa ola que los amenazaba, se giró y, con toda la fuerza que le sobrevino de la desesperación por sacarla de allí, se impulsó de regreso sintiendo que la ola los empapaba justo cuando él ya se había alejado un poco de la orilla.

—Milord, déjeme llevarla —se ofreció el lacayo que lo había seguido hasta la playa.

—No —respondió cortante—, hágase cargo de la otra dama —le ordenó sin detenerse, con Pearl fuertemente abrazada a su pecho.

—Su mano, milord —le susurró ella contra su cuello temblando.

Osbert subió el empinado camino con el cuerpo tenso, a punto de perder el control y gritarle por haberle hecho vivir un infierno, no recordaba haber reaccionado antes de igual manera, ni siquiera cuando después de meses de cuidados pudo verse por primera vez sus quemaduras en un espejo. El miedo que había sentido por la joven había sido sorpresivo, inexplicable, irracional si se tomaba en consideración que hacía solo una semana que había entrado tempestuosamente en su vida.

—Mantenga silencio, milady, estoy tentado a ponerla sobre mis piernas y castigarla por ser tan temeraria —masculló mientras entraba por la puerta con ella en brazos.

—Su excelencia.

—Que suban agua caliente de inmediato, es mejor que se sumerja en agua caliente —ordenó a Jarvis, que lo esperaba desencajado frente a la puerta.

—Subirán los baldes de inmediato —le aseguró apartándose de su camino, hacía tiempo no le veía esa expresión en el rostro a su señor.

Osbert subió las escaleras con Pearl titiritando en sus brazos, todavía sentía el miedo instalado en su alma, las palabras de Jarvis diciéndole que la pequeña mujer que cargaba entre los brazos era de una salud delicada lo tenía aterrado. No podía digerir todas las emociones que habían aflorado a la superficie desde que la había visto ser engullida por el mar desde su ventana. El horror del momento lo tenía fuera de sí. Abrió de una patada la habitación de la joven y la llevó frente a la chimenea, donde con suavidad la puso de pie.

—Gracias —murmuró Pearl, intimidada por su mirada.

Osbert no respondió, comenzó a quitarle el abrigo, teniendo claro que no debería tocarla; pero le daba igual, no esperaría a que llegara una doncella para quitarle el arruinado abrigo lleno de arena y empapado de agua.

Pearl se dejó hacer en silencio, tenía mucho frío y se sentía entumecida. Se negaba a pensar en lo que hubiese podido ocurrir si el duque no hubiese intervenido. Dos lacayos entraron con baldes de agua caliente y llenaron la bañera, que se encontraba en el baño de la habitación.

Pearl se fijó en su mano sin guantes y se sintió culpable al verlo hacer fuerza con su abrigo, la mano tenía destrozada la piel. Aunque muy blanca, se mantenía rojiza en varias áreas donde la piel estaba arrugada.

A pesar de ello, Pearl amó sus manos, eran de dedos largos y elegantes, sus uñas limpias, se notaba que era un individuo que cuidaba de su presencia física. «Debió ser muy duro para él», pensó mientras él le terminaba de quitar el abrigo y lo tiraba sin contemplaciones frente a la chimenea.

Un fuerte estornudo la hizo voltear el rostro.

—Se quedará en la cama hasta que el médico llegue —le dijo hosco.

—Su excelencia, yo ayudaré a milady a desvestirse y a tomar el baño caliente —interrumpió una joven doncella.

—Suban una bebida caliente —ordenó sin apartar la mirada del pálido rostro de Pearl.

—Vaya y cámbiese la ropa, milord, nosotros nos haremos cargo —interrumpió Jarvis.

Osbert se encontró con su mirada avergonzada, algo se removió en su pecho al verla tan pálida, con su cabellera rojiza empapada, tuvo un deseo abrumador de acunarla contra su pecho y asegurarle que todo estaba bien, que ningún mar embravecido la iba apartar de sus brazos. «Esto es absurdo, eres un hombre maduro para tener pensamientos tan melindrosos», pensó asintiendo en silencio, saliendo de la habitación antes de que perdiera la compostura.

—Deprisa, milady, está temblando —dijo la doncella.

Pearl la escuchó sin ponerle atención, su mirada todavía estaba clavada en la puerta por donde el duque de Cambridge acababa de salir, se había perdido en su mirada, había sentido emoción en ella, había visto una fuerza que no supo definir. «¿Y si me equivoco?», pensó siguiendo a la doncella a la bañera. Cerró los ojos de placer al sentir el calor entrar por sus huesos, mientras imágenes de lo ocurrido regresaban a su mente. El olor de su cuello, la manera posesiva con la que la retuvo contra su pecho, gimió en voz alta ante la visión de su pecho.

—¿Le duele algo, milady? —preguntó preocupada la joven doncella.

Pearl negó con la cabeza incapaz de pronunciar palabra, se había sonrojado ante el pensamiento pecaminoso de ella besando ese pecho, restregando su nariz por su cuello, disfrutando de ese olor que ya era característico en él. Mientras disfrutaba de la temperatura del agua, no podía dejar de pensar en las fuertes sensaciones que le hacía sentir el duque. Sí había viajado hasta allí con la ilusión de encontrar a su príncipe azul, pero jamás había pensado en la realidad de verlo como hombre, de sentir ese peso en el pecho al verle, de quedar casi sin respiración al escuchar su voz tan ronca y varonil, lo que él le hacía sentir le atemorizaba porque no se sentía preparada para enfrentarlo.

El duque de Cambridge era un hombre y ella estaba acabando de salir de la cuna, no creía que pudiese tener una verdadera oportunidad. «No puedo creer que ya te estés dando por vencida —la fastidiosa voz dentro de ella le vino a importunar—. ¿Cómo sabes lo que él realmente necesita? —continuó machacando—, no se ha escrito nada de los cobardes», terminó haciéndola cerrar los ojos con fuerza, sucumbiendo.

Esa maldita voz en su interior era la que la metía una y otra vez en problemas, la desafiaba a seguir hacia adelante. «¡Oh, está bien! Vale la pena cualquier sacrificio, con tal de estar acurrucada en esos fuertes brazos», aceptó abriendo los ojos para disponerse a salir de la bañera y meterse entre las mantas, sentía el cuerpo raro, sería un desacierto que su aventura terminara con un fuerte resfriado.

# Capítulo 10

Osbert no esperó a tranquilizarse, se cambió deprisa la ropa mojada, se calzó otras botas y se dirigió resuelto a la habitación de su tía; sentía la humedad de su cabello sobre el rostro, su ayudante de cámara había tenido que soltarlo para que pudiera secarse más rápido. El sonido de sus pisadas se escuchaba fuerte mientras atravesaba el largo pasillo. No les dio importancia a las miradas de sorpresa de las doncellas al verlo pasar mientras limpiaban los vitrales del segundo piso, donde se encontraban las habitaciones de los invitados; muchas de ellas lo estaban viendo por primera vez, sus dependencias eran limpiadas por lacayos y la comida siempre era subida por Jarvis y el ama de llaves. Sus nudillos dieron con firmeza contra la pesada puerta de madera.

—Adelante —invitó la voz de su tía desde el interior.

Osbert entró con expresión pétrea a la habitación. Como sospechaba, su tía estaba sentada frente a la chimenea con una bandeja de dulces a su lado y con la vitalidad de siempre, lo que le hacía más sospechoso su encierro por un supuesto resfriado.

—¡Osbert! Ya Jarvis me puso al tanto de lo ocurrido con Pearl —exclamó preocupada, ignorando la expresión seria de su sobrino.

Ella ya lo había estado esperando, el bueno de Jarvis la había puesto al tanto de la aventura de su ahijada en la orilla de la playa. Aunque estaba preocupada por la salud de Pearl, no podía negar que lo contado por el mayordomo la había sorprendido mucho. Y, por supuesto, la había llenado de esperanzas.

—Quiero la verdad, tía —dijo con frialdad recostándose en la chimenea con una falsa pose de serenidad, clavando sus ojos en ella.

—No sé a qué te refieres, querido —respondió inocente.

—¿Está segura de que no sabe de qué le hablo? Lleva años viajando sola a pasar las fiestas navideñas a mi lado y de pronto llega con dos jóvenes casamenteras, que caminan por mi castillo sin carabinas que protejan su virtud —le increpó acusándola con la mirada.

—Querido —comenzó la mujer sin dejarse amedrentar—, Pearl es mi ahijada y lady Abby es su mejor amiga. En cuanto a carabinas, no creo que sea necesario cuando yo estoy aquí y tú estás siempre recluido en tus aposentos —respondió con dulzura levantando los hombros, restándole importancia al detalle de las carabinas.

—Acepto que usted es responsable de las jóvenes, pero creo que debo recordarle que soy un hombre soltero —respondió indignado.

—¡Por Dios, Osbert! Es bien sabido que has estado años retirado de la vida social, eres mi sobrino y te adoro, pero no querría a un cascarrabias amargado como tú para mi única ahijada. Pearl merece alguien que la ame, y no creo que estés por la labor —respondió con suavidad.

Alice oteó interesada la bandeja de dulces, mirando pensativa cuál escoger, tenía que hacer un gran esfuerzo para no reír a carcajadas por la expresión de su sobrino ante sus palabras. «Que Dios me perdone», pensó escogiendo un buñuelo de chantillí que saboreó mientras cerraba los ojos con placer.

—¿Me ha llamado viejo amargado? Le recuerdo que solo tengo treinta ocho años —masculló irguiéndose en toda su estatura.

—Pearl acaba de cumplir diecinueve, no quiso que la presentáramos el año pasado —dijo relamiéndose los labios—, estoy segura de que como hija del respetado conde de Exeter tendrá varias peticiones de matrimonio de hombres que gusten de la vida social. ¿Cómo crees que voy a sugerirle a mi ahijada una persona que está muerta en vida? —Alice se sintió fatal al pronunciar las duras palabras, pero eran la realidad, su sobrino solo esperaba la muerte tras aquellas gruesas paredes del castillo de Bamburgh.

Osbert ni siquiera pestañeó, se quedó allí mirándola como si se la quisiera cargar, cómo se atrevía a ir a su casa e insultarlo de esa manera. Si no fuese por los fuertes valores inculcados, la tomaba en brazos y la dejaba caer por uno de los anchos ventanales.

Le parecía un insulto que lo creyera tan obtuso para no sospechar de sus intenciones, si prácticamente le había querido emparejar desde que había regresado de la universidad y todos estos años se había tenido que hacer el desentendido ante sus pullas de que necesitaba un heredero de sangre para su ducado. Era en lo único que no pensaba obedecer al rey, no se arriesgaría a un rechazo en la alcoba nupcial.

Podría ser soberbia, pero era lo que había y no pensaba dar un paso atrás.

—¿No soy un candidato digno para su ahijada? —preguntó con una serenidad que estaba lejos de sentir.

—Si fuera un matrimonio convenido, tal vez…, pero el conde desea que su hija se case por amor y disfrute de un matrimonio pleno, lleno de felicidad, como el que tuvo con la difunta condesa; comprenderás que quedas fuera de la lista —aguijoneó disfrutando de lo lindo mientras se decantaba por otro dulce.

Hacía muchos años no le veía tan tenso, se complacía en comprobar que su sobrino todavía tenía sangre en las venas.

Osbert sintió un inesperado pinchazo de celos, algo inexplicable, porque el matrimonio había sido totalmente descartado de sus pensamientos desde el mismo día en que su vida había dado un giro tan inesperado, su orgullo no le permitía arriesgarse a ser rechazado por una dama. Bueno, eso hasta ahora, porque Pearl lo había acariciado libremente sin mostrar repulsa ante su piel arrugada a causa de las quemaduras. El gesto lo había conmovido, por primera vez sentía al hombre resurgir de las cenizas, y todo gracias a una pequeña joven con aspecto de ninfa. Pearl le recordaba a esos pequeños seres mitológicos.

—¿Por qué piensas que no podría amar? —No pudo evitar preguntar huraño, negándose a aceptar que su tía le estaba golpeando donde más le dolía. Siempre había sido perseguido por las damas, había sido él quien había rechazado muchas veces los molestos avances no bien recibidos.

—Estás tan metido en tus propios problemas, lamiéndote las heridas que pensé que no tenías espacio para nada más. Pearl merece un hombre que la cuide, que la proteja. Tiene un corazón dadivoso, no hay maldad en él, es toda sonrisa y luz; en cambio, tú ni siquiera permites lámparas de gas en tus aposentos —le dijo con un tinte de tristeza—. No deseo herirte con mis palabras, solo quiero que comprendas por qué no me pareces un buen candidato para mi apreciada ahijada.

Osbert la observó en silencio, digiriendo sus palabras con amargura, odiaba admitirlo, pero su tía Alice tenía razón, no era un buen candidato para ninguna mujer, no tenía nada que ofrecer, las heridas de su alma a pesar de los años todavía supuraban, había sido incapaz de olvidar la traición de su hermano y continuar hacia adelante.

—Está bien, voy a creer en sus palabras, tía, lady Pearl solo está aquí para acompañarle —le dijo inexpresivo.

—Me tranquiliza que lo comprendas, solo quiero que Pearl se relaje antes de que comience la temporada, tanto su padre como yo queremos que este año escoja un buen pretendiente, por ello te pido que le permitas deambular tranquila por el castillo, no es necesario una carabina. Como bien te mencioné, no eres una amenaza para su reputación —le dijo tranquila.

A Osbert casi le rechinaron los dientes, se adelantó hacia ella inclinándose a besar su mano antes de salir. Alice le miró marcharse, con una sonrisa socarrona en los labios, se arrebujó más el chal mirándole partir con suficiencia, los años le habían enseñado mucho y a veces había que ayudar un poco al destino: esos dos serían muy felices juntos.

—Pronto escucharemos gritos de niños corriendo por todo el castillo —dijo en voz alta sirviéndose una taza de té humeante.

Pearl sentía que le dolían todos sus huesos, se mantenía en la cama rodeada de almohadones, de espaldas a la puerta. El médico había salido hacía unos segundos y le había recomendado descanso, gracias a Dios, no tenía fiebre, solo estornudaba; sin embargo, la molestia en las articulaciones la hacía cerrar los ojos. Se sentía inquieta ante unas nuevas sensaciones en su vientre que no sabía definir, todavía tenía la fragancia del duque en su nariz, era una deliciosa tortura.

Sintió la puerta abrirse y suspiró, necesitaba esa sopa caliente que había pedido un rato antes. Una vez que se la comiera, rezaría por lo menos una hora para pedir que no le diera fiebre.

—Déjela sobre la mesa, ya me levanto… —le dijo con dificultad mientras un fuerte estornudo le hacía enterrar la cabeza en uno de los almohadones.

—Esto es lo que ha ganado con su insensatez —le dijo una ronca voz conocida a sus espaldas.

Pearl hundió más la cabeza en el almohadón, «te has olvidado de mí, Dios», pensó decidida a quedarse allí y no responder a su regaño.

—Deposite la bandeja en esa mesa —le dijo Osbert a una joven doncella que le miraba asustada. Deje la puerta abierta y dígale a un lacayo que suba y se mantenga en la puerta mientras ayudo a la señorita.

—Su excelencia, yo podría ayudar a lady Exeter —respondió insegura la mujer.

—Yo me haré cargo —ordenó seco dejándole ver a la doncella que no permitía que se llevara la contraria.

La doncella asintió mirándole de reojo y salió deprisa dejando la puerta abierta, como el duque le había ordenado.

—¿Necesita ayuda? —preguntó Osbert mirando hacia la puerta con dudas, la realidad era que no era correcto estar allí a solas con una debutante, pero con su tía con un supuesto resfriado, él tendría que asegurarse de que la joven estuviera bien.

Pearl levantó despacio el rostro girándose a encararlo, su cabello rojizo estaba desparramado por todo su cuerpo, se lo apartó de mala gana de su acalorado rostro, empezaba a sentirse caliente. Su mirada se encontró con la de él, y no pudo evitar que se le aguaran los ojos de impotencia. ¿Cómo demonios iba a enamorar a un hombre como aquel, que, a pesar de sus quemaduras, quitaba el aliento? Ella no tenía ninguna oportunidad. La sensibilidad del momento, además de sentirse muy vulnerable frente a su presencia, solo abrió las puertas para que estallara en sollozos.

—Me siento horrible —logró articular antes de echarse a llorar como una niña.

Osbert, por segunda vez en ese día, se olvidó de los formalismos, se olvidó de dónde estaba, se olvidó de todo y se acercó a ella para levantarla en brazos como si fuese una pluma y acurrucarla en su pecho mientras la dejaba llorar. Caminó con ella alrededor de la habitación como si estuviese en trance, la angustia de sus lágrimas le atenazaban el pecho. Sentía la necesidad imperante de consolarla y en su total inexperiencia solo la mantenía entre sus brazos intentando tranquilizarla.

—No llores, nada justifica ese llanto —le dijo con ternura acercándola más a su pecho.

—Me siento caliente y eso significa semanas postrada en una cama, y no quiero —hipó contra su camisa.

—Le pondré un paño húmedo en la frente. ¿Me permite acomodarla en la cama? —le preguntó muy cerca de sus labios.

Pearl asintió embelesada mirando sus labios, un hormigueo inesperado regresó a su estómago. Se abrazó más a su cuello, disfrutando de la caricia de su cabello suelto sobre su piel.

—Milady… —Su voz ronca se escuchó con dificultad.

—Hum —murmuró mientras miraba con atención cómo sus labios se acercaban más a los de ella.

—Ayúdame… —susurró más cerca de sus labios—, esto es una locura —continuó mientras sus labios se encontraron haciéndoles gemir a ambos ante la inesperada chispa que recorrió sus cuerpos. Pearl cerró los ojos y se aferró más al cuello de Osbert entregándose a la dulzura de su primer beso, su boca se entreabrió tímida, curiosa ante la invitación de la lengua de su asaltante. Obediente, abrió sus labios dejándole entrar sin ponerle restricción, su cabeza dio vueltas ante la sensual caricia, los brazos del duque la aprisionaron más contra su cuerpo. Mientras tentaba con dulzura, el beso era delicado, mostrándole los inicios del deseo, la sensación era sublime. Gimió de deleite entregándose por completo.

—Esto no está bien —dijo con dificultad contra su boca, intentando recobrar la cordura, jamás había sentido tal necesidad, era una especie de anhelo que lo dejaba desprotegido.

Pearl abrió los ojos enturbiados por el deseo, sus miradas se encontraron, Osbert supo que estaba en graves problemas; sin embargo, al ver el deseo en la mirada de la joven, una sensación de posesión lo inundó, no deseaba que ella mirase así a nadie más. Su orgullo masculino estaba de fiesta.

—Ha sido mi primer beso —dijo ruborizándose, pero incapaz de alejarse.

—Ha sido imperdonable —susurró tan cerca que sus alientos se encontraban.

—Ha sido hermoso —suspiró.

—Pearl —gimió contra su boca—, he traspasado el límite del decoro, deberías insultarme, es lo que se espera.

Pearl sonrió contra sus labios, la había llamado por su nombre y qué hermoso sonaba en ellos.

—Después que repita el beso, le prometo que no le permitiré tales libertades, pero ahora, Osbert, vuelve a entrar esa lengua mágica a mi boca —musitó casi tocando sus labios.

Los ojos verdes de Osbert brillaron de anticipación, el sentirla a gusto con sus caricias solo avivó el fuego que lo arrasaba, verla con los ojos nublados por la resiente pasión descubierta, le hizo perder el poco sentido que le quedaba. Que Dios le perdonara, pero era demasiada la tentación, y él llevaba demasiado tiempo solo sin el calor de unos brazos, sin el fuego de unos labios deseosos de besar. Dejando atrás todas sus reticencias, fue de nuevo a su encuentro, a saborear la humedad de su boca, a degustarla como a un buen vino, despacio, sin prisa, avivando su joven curiosidad, dejándole entrever con suavidad qué significa la pasión entre un hombre y una mujer.

Pearl gimió contra su boca, nada la había preparado para tal asalto a sus sentidos, ella había soñado con su primer beso de miles de maneras diferentes, pero jamás como aquello que el duque de Cambridge la estaba haciendo sentir.

Osbert se forzó a separarse de sus labios, su respiración agitada le obligó a retroceder, seguir besándola sería peligroso, y no estaba dispuesto a deshonrarla en su propia casa con su tía bajo su techo. Le debía respeto a ella y a su familia. Ese pensamiento fue lo que le hizo caminar con ella hacia la cama y depositarla con suavidad sobre los cojines. Intentó esquivar su mirada, pero la joven no se lo permitió, su mano se deslizó por su mejilla acariciando con ternura su piel arrugada.

—Duerme…

—No sé si podré. —Pero extrañamente sus ojos se iban cerrando, era como si alguien la estuviese obligando a cerrar los ojos, un último pensamiento del médico dándole un brebaje llegó a su mente y quiso gritar de frustración.

Osbert se sentó en la esquina de la cama, con su mirada clavada en el pálido rostro de la joven, había observado cómo había peleado por evitar sucumbir al sueño. Sin poder resistirse a la tentación, su mano sana voló hasta sus rojizos rizos tomándolos entre sus dedos mientras los llevaba con reverencia hasta su rostro, el suave olor a camelias inundó sus sentidos embriagándole, cerró los ojos y se entregó al placer de poder sentirla sin tener que controlarse, dejando surgir sus confusos sentimientos.

«No puedes atarla a ti, sería una crueldad», pensó dejando caer el cabello sobre la colcha. ¿En qué momento había perdido las ganas de vivir? ¿Por qué hasta ahora no se había dado cuenta de todo a lo que había renunciado? Mirando a la frágil figura de la joven dormida, supo que, si le permitía acercarse más, se vería obligado a tener que tomar decisiones para las que no estaba preparado. Un matrimonio con lady Pearl significaba regresar a la vida social y todo lo que ella representaba, dejarla a merced de los dandis en busca de mujeres casadas aburridas de sus maridos no era una opción. Osbert Ponsoby, séptimo duque de Cambridge, era un hombre demasiado orgulloso para permitir la infidelidad de una esposa.

# Capítulo 11

**P**earl abrió lentamente los párpados, los sentía pesados. Instintivamente, se humedeció los labios con su lengua, gimió al sentirlos resecos y agrietados, sabía que había estado muy enferma, por momentos había sentido su cuerpo arder por las altas temperaturas. Recordaba haber escuchado a personas hablando en su derredor, pero no había podido identificarlos, lo único que la había calmado eran unas suaves caricias que le pasaban paños mojados por su frente y le susurraban palabras de aliento, sabía que era él.

Había reconocido su ronca voz entre la nubla que le provocaba la fiebre. Un movimiento inesperado en sus pies la puso en alerta, intentó levantar un poco la cabeza, pero se sentía muy débil. Un suave pelaje le acarició la mano y sonrió al reconocer el olor de King.

—*Al fin has despertado* —le ladró el perro demostrándole su afecto.

—Tú sí sabes conquistar a una dama —le dijo intentando incorporarse.

Con dificultad logró recostarse contra los cojines estirando una mano para acariciar la cabeza de King, que se había acomodado a su lado como si tuviese todo el derecho para estar allí. Continuó acariciando el pelaje del perro, mirándole con afecto, él había colocado su hocico sobre su pecho y disfrutaba de los mimos. Levantó la vista y suspiró al ver la nieve caer a través de los ventanales dobles en forma de arco, al lado derecho de la recámara, alguien había descorrido las pesadas cortinas para permitir la entrada de la luz, seguramente estarían aislados por días. La estancia estaba muy bien caldeada, se sentía a gusto, a pesar de la debilidad.

—Tengo hambre —se quejó mientras le rascaba la oreja a su hermoso invitado—, deberías encontrar una compañera, King, eres muy guapo para estar solo —le dijo con picardía.

—*Me gusta mi libertad* —le ladró mirándola con suspicacia—, *no quiero una camada de cachorros tras mi rabo* —le ladró asqueado por el pensamiento.

Pearl se rio encantada al escucharlo ladrar como si estuviese enfadado por lo que ella había dicho; era evidente que tanto tiempo al lado de su amo le había influenciado en su conducta. «De tal perro, tal amo», pensó con sorna.

—Ayúdame a llegar a la cocina, King, muero por una taza de té.

—*No creo que sea una buena idea, a mi amo no le va a hacer ninguna gracia* —volvió a ladrarle el perro, advirtiéndola.

—Tienes la misma mirada que tu amo cuando algo no le gusta —respondió sonriendo.

Se incorporó despacio, había una campanilla en la mesita al lado de la cama, pero la descartó, quería caminar, sentir de nuevo sus piernas, probablemente estaría horrible, pero le daba igual, lo primero era una buena taza de té humeante. Además, se sentía un poco desorientada, y tener a alguien hablando a su lado sería mucho peor. Si la habían dejado sola, era porque seguramente hacía horas su fiebre había remitido. Con King a su lado estaría segura.

Se bajó de la cama con más dificultad de la que había esperado, se agarró del poste al pie de esta, la camisola de muselina azul cayó hasta el suelo, se recostó en el poste y cerró los ojos esperando que el leve mareo desapareciera, el olor a violetas le llegó y la reconfortó, aparentemente, la habían aseado mientras estaba inconsciente. Con paso inseguro llegó hasta el baño con King pisándole los talones, se acercó al lavabo y gimió de placer al sentir el agua en su rostro y los dientes limpios.

—Ahora sí me estoy sintiendo nuevamente viva —le dijo al perro mientras alcanzaba una toalla.

—¿Se puede saber qué hace fuera de la cama? —le increpó una voz conocida desde la puerta.

Pearl gruñó contra la toalla, «¡qué hombre para estar siempre de mal humor!», pero a su pesar sonrió, a ella no era de importarle ese tipo de cosas, las personas eran como eran y el duque pertenecía a ese grupo de los que se tomaban la vida muy en serio, gracias a Dios, ella pertenecía al grupo contrario. Abrió los ojos y no pudo evitar sonreír ante la cara severa del duque.

—Hambre —respondió girándose a encararlo.

—Es usted una inconsciente —le respondió huraño.

—No se cansa de estar gruñendo, sea considerado, ¿no ve que estoy hecha un desastre? —le dijo abriendo las manos para que la viera en aquella espantosa camisola y notara el cabello, que lo sentía por todas partes enrizado.

Osbert no le hizo el menor caso a su berrinche de niña, entró en dos zancadas tomándola en brazos, había estado al borde de la muerte y solo le preocupaba su gloriosa cabellera; había temido seriamente por su vida, no pensaba dejarle cometer otra locura.

—Esto se está convirtiendo en costumbre —le susurró Pearl en su oído, lo que le hizo girar la cabeza para encontrar su mirada.

—Pesa menos que una pluma —respondió abrumado de pronto por su característico olor a violetas ligado con camelias, era un verdadero afrodisíaco para sus sentidos.

—Me va a echar a perder, milord, y ya luego no querré caminar por mí misma —le susurró presumida disfrutando de la consternación del hombre ante su descarado coqueteo.

—Debo suponer que todavía tiene fiebre, porque de lo contrario su comentario sería inadecuado —respondió casi contra sus labios.

Pearl se aferró más a su cuello.

—*Qué desencanto de amo, hasta yo sé que la joven desea otro de esos besos que se dieron la otra vez* —meditó King poniéndose una pata en los ojos para no presenciar tal cursilería.

—No pienso disimular lo que me hace sentir, milord —le dijo acariciándole la mejilla con su nariz.

Lo sintió temblar, pero supuso eran imaginaciones suyas. Él la sacó del pequeño baño y la llevó a la cama. La acomodó con suavidad asegurándose de que estuviese rodeada por cojines. Pearl se dejaba hacer, no tenía fuerzas para discutir con él en esos momentos; para su sorpresa, el esfuerzo de ir hasta el baño la había dejado exhausta.

La campanilla comenzó a sonar con insistencia, ella lo miró entre la sorpresa y la diversión al verle agitar la pequeña campana con impaciencia, la puerta se abrió de inmediato.

—Señor...

—Que suban una bandeja con té, es lo único que tomará hasta que esté seguro de que la fiebre ha disminuido. Avísele al médico que lady Pearl ha despertado… —le ordenó al mayordomo, que por su cara había subido corriendo.

—Sí, milord. —Jarvis hizo una breve reverencia y se retiró.

—¿Cuánto tiempo he estado inconsciente? —preguntó curiosa.

—Dos semanas —respondió retirándose hacia el ventanal, dándole la espalda.

Pearl clavó en ella su mirada, tenía una casaca verde musgo sobre unos calzones de tono marrón, las altas botas de caña costarían muchas libras, era curioso cómo él se había retirado a vivir en aquel castillo, pero sus vestiduras siempre eran acordes con la elegancia que se esperaba de un hombre de su posición social. Cada vez que le miraba, se sorprendía de ese hecho porque, aunque siempre había estado rodeada de varones, ninguno de ellos tenía ese porte de elegancia que acompañaba al duque en todo momento.

—Dios mío, mi padre —murmuró saliendo de su ensoñación y recordando lo preocupado que estaría su progenitor.

—Le envié una carta, no me extrañaría que arribaran en cualquier momento. Aunque le advertí que no era buena idea viajar con este clima y que me comprometía a informarle de cualquier eventualidad.

—No me dejará hacer nada —se quejó.

—Él no necesita estar aquí para eso —respondió sin volverse, sujetando la gruesa cortina con una mano mientras miraba con fijeza la nieve caer a través del ventanal.

Pearl sonrió con malicia antes de abrir su boca,

odiaba esa pose de arrogancia que era igual a la de sus hermanos y que solo avivaba en ella el deseo de molestarles y hacerlos perder la paciencia.

—Deduzco por sus palabras que ha decidido hacerme su esposa, porque es de la única forma en que le obedeceré, milord; si desea derechos, debe firmar el acta —respondió cruzando los brazos en el pecho.

Osbert se giró con lentitud, incapaz de creer lo que había escuchado de los labios de la pequeña arpía que por dos semanas lo había mantenido en vilo, casi a punto de perder la cordura. Se acercó a la cama sosteniéndole la mirada.

—¿Me está proponiendo matrimonio? —preguntó con una aparente calma que no engañó a Pearl. Los ojos del hombre tenían un extraño brillo en la mirada que la advirtió sobre posibles represalias.

—No, su excelencia, le estoy dejando claro que a pesar de mi juventud no pienso permitir que un hombre que no es ni mi padre ni mi esposo me ordene hacer alguna cosa —respondió con suavidad subrayando cada palabra.

—Está en mi castillo como mi invitada —le recordó mirándola con petulancia.

—Estoy bajo la tutela de mi madrina, no de usted, milord —le recordó.

—Eso lo veremos —sentenció.

—Entonces envíele un comunicado a mi padre para autorizar el cortejo, le recuerdo que es así como se estila, su excelencia. Como se habrá dado cuenta, disfruto mucho de su cercanía, estoy más que dispuesta, pero hasta entonces, milord, me haré la sorda ante sus órdenes. —Pearl vio el relámpago de sorpresa en su mirada, si quería ganarse al duque de Cambridge, tenía que desarmarlo, tirar abajo todas las murallas que había construido a su alrededor, de lo contrario, no avanzaría, el tiempo se estaba acabando y ya había perdido dos semanas. Si no lograba que él la viera como una mujer antes de salir de ese castillo, no tendría ninguna posibilidad de ganar. Y ella quería ganar, deseaba tener a ese hombre en su vida, de eso no tenía dudas. «Tengo muchas cosas en contra, en especial, mi edad», pensó contrariada.

—No tomaré en cuenta su despliegue inútil de independencia, debe ser producto de las altas fiebres que sufrió —respondió acerado, negándose a caer en el embrujo de la joven.

—Estuvo aquí, le sentí, era usted quien me ponía los paños en la frente.

Osbert se quedó en silencio, mirando esa sonrisa traviesa en sus labios que ya se estaba haciendo familiar. «Será mi perdición», pensó abrumado y avergonzado por el tirón que sintió entre sus piernas.

—Su excelencia —interrumpió Jarvis seguido del médico, que se había mantenido en el castillo a exigencias de Osbert.

—Me alegra verla despierta, milady, nos ha dado un buen susto —la saludó el anciano acercándose a la cama mientras abría su maletín.

—Debe retirarse, milord, la joven es una dama soltera —le recordó el galeno con firmeza.

Osbert lo miró serio con ganas de contradecirlo, pero asintió y salió al pasillo. No pensaba dejarla sola ni un minuto, no se confiaba de su tía para cuidarla.

—Le recomiendo mantenerse recostada por una semana, no creo que la fiebre regrese, pero se sentirá más cansada de lo usual.

—Lo sé.

—¿Le ha ocurrido esto con anterioridad? —preguntó

interesado mientras la examinaba.

—Sí, doctor, soy propensa a resfriados muy fuertes —respondió contrariada.

—¿Entonces cómo se le ocurrió entrar a esas aguas heladas? —la amonestó.

—Curiosidad —respondió honesta.

—Puede que la próxima vez no tenga tanta suerte —le advirtió con seriedad.

—No habrá próxima vez —interrumpió una voz gélida desde la puerta.

El médico no pudo ocultar la sorpresa de ver entrar de nuevo al hombre, sus sospechas cada vez eran más certeras, el duque de Cambridge había sido cazado por fin. «Gracias a Dios, el duque es una buena persona y estaba perdiendo el tiempo dentro de estas gruesas murallas», pensó mientras se levantaba y tomaba su maletín. Tenía mucho trabajo pendiente y ya no le necesitaban, lady Exeter estaba fuera de peligro.

—No debe salir de la habitación, le recomiendo que se mantenga en reposo, nada de caminatas en la nieve, y no le aconsejo viajar a Londres hasta que no se haya repuesto del todo. —El médico le miró con seriedad antes de hacer una genuflexión y retirarse.

Osbert asintió sin apartar la mirada de la joven.

«No me parece correcto que esté tan cerca de la joven sin una carabina», pensó el doctor mientras seguía al mayordomo a la salida, donde le esperaba un carruaje que su gracia había dispuesto para él.

—¿No le da pena ser tan maleducado? —le soltó Pearl hundiéndose más en los almohadones.

—No pierdo mi tiempo en palabras huecas —dijo recostándose en el poste de la cama, al cruzar los brazos en el pecho y clavar sus ojos verdes en ella.

—Tengo hambre, Osbert —se quejó tuteándole.

—Le traerán ese té que tanto anhela.

—¿Empanadas? —preguntó con esperanza.

—No —respondió categórico.

—Apiádate de mí… —lloriqueó.

—¿Siempre eres tan melodramática? —destacó con un brillo de diversión en la mirada.

—Sííí —respondió a carcajadas obligándolo a reírse con ella. Así les encontró la baronesa al abrir la puerta.

Alice traspilló al ver a su sobrino sonreír hacia tanto tiempo que no veía esos picaros hoyuelos en sus mejillas que ya se había olvidado de ellos.

—Madrina. —Pearl se subió la manta hasta el cuello avergonzada.

—¡Oh, querida, nos tuvisteis muy preocupados a todos! —Alice se acercó a la cama tomando una de sus manos—. Me sentí muy culpable.

—No fue su culpa, usted bien sabe que no puedo tomar mucho frío, fue mi culpa.

—Por fin un pensamiento coherente —intervino Osbert.

—¡Osbert! —le recriminó Alice mirándolo contrariada.

—Déjelo, madrina, no hace más que ordenarme como un general —se quejó Pearl abrazándose a la rechoncha mujer que se había sentado junto a ella.

Perl levantó la mirada encontrándose con la del duque que brillaba indignado, ella le guiñó el ojo en respuesta disfrutando como se le ponía rojo el cuello.

—No debería contrariar a la niña Osbert, todavía está convaleciente —le recordó Alice.

—Recuérdeselo, madrina —se quejó Pearl.

—Las dejaré a solas, la doncella subirá el té, le ruego, tía, me avise si lady Pearl necesita algo más.

—No te preocupes, Osbert, para eso tenemos a

Jarvis, regresa al despacho.

Osbert tensó la mandíbula, debía mantener la calma o de lo contrario tendría que llevar a su invitada al altar antes de poner en orden sus pensamientos, sentía que todo se le estaba escapando de su control y era el primero en admitir que se había saltado todas las normas del buen decoro con la joven.

La baronesa esperó paciente a que su sobrino saliera de la habitación para soltar una sonora carcajada que hizo a Pearl levantar la cabeza, que todavía descansaba en el pecho de su madrina, para mirarla con curiosidad.

—¡No sabes lo que ha pasado en estas semanas! —le dijo emocionada tomándola por los hombros.

—¿Qué ha sucedido que la tiene tan feliz? —preguntó abriendo los ojos al verla tan exaltada.

—Estuve muy asustada por ti, realmente estuviste muy enferma, pero Osbert estuvo siempre a tu lado, no te dejó sola ni un segundo —le confió bajando la voz por si todavía su sobrino estaba cerca.

Una sonrisa de oreja a oreja iluminó el rostro de la joven.

—¿Usted piensa que está interesado?

—Muy interesado, querida. —Alice se puso seria—. Te confieso que estoy empezándome a preocupar.

—No la entiendo… ¿No era eso lo que usted quería?

La baronesa asintió, pero Pearl se alarmó al ver la duda en su rostro.

—¿Se ha arrepentido? ¿Ya no desea que sea su esposa?

—No es eso, querida, mi temor es que tus sentimientos no sean tan fuertes como los de mi sobrino… Verás, Pearl, la tercera noche vine a revisarte y cuando entré Osbert te tenía abrazada a su cuerpo, ambos dormidos…, eso me hizo pensar que mi sobrino se volcaría en ti y podría ser que te ahogara con todas sus atenciones. —Alice tomó sus manos entre las suyas—. Sería terrible que no lo amaras de la misma manera, ahora que los he visto juntos temo que la diferencia de edad sea un obstáculo.

—No puedo creer que piense eso de mí madrina, cuando fui yo la que al final acepté —respondió con temor a que su tía la separara de Osbert.

—Pearl…, Osbert te mantendrá tan protegida que…

—Él necesita a alguien que le despeine un poco el cabello —le aseguró.

Alice sonrió encantada y asintió acariciándole la mejilla.

—¿Te gusta? —le preguntó escudriñando en sus ojos, buscando la verdad en ellos.

—Más que eso, madrina, hace que mi corazón lata desbocado cada vez que me mira con esos hipnóticos ojos verdes… —respondió dejándole ver toda su ilusión por llegar hasta el corazón de su príncipe.

—Era un caballero muy solicitado —le advirtió.

—No me diga nada, madrina —le reprochó.

—Es que, al verlos abrazados, pensé en unos sobrinos nietos hermosos —confesó con esperanzas.

—Me besó —admitió sonrojándose.

—Oh, por Dios, entonces no deberás estar a solas con él. —La miró escandalizada, su primo la mataría si se enteraba de que le estaba dando la oportunidad a su sobrino de intimar con su hija sin una aceptación de cortejo de por medio.

—¿Por qué no? —preguntó entrecerrando las cejas.

—Bueno, es que podrían pasar cosas… —Su cara se enrojeció al intentar buscar la manera de explicarle a su ahijada lo que podría pasar.

—¿Qué cosas? —apuró intentando parecer lo más

inocente posible, su madrina olvidaba que se había criado entre varones, tal vez no supiera a ciencia cierta lo que ocurría en la oscuridad de la habitación conyugal, pero no debería ser tan malo cuando sus hermanos se jactaban de sus juegos amatorios mientras pensaban que nadie los escuchaba.

—Hum, creo que… ¡Oh, mira! Ya llegó el té —exclamó aliviada la baronesa al ver entrar a Jarvis con la doncella detrás.

—Me retiro, querida, voy a decirle a Abby que estás mejor, Osbert ha prohibido visitas hasta que te repongas del todo —le anunció apenada antes de besarla en la frente y salir de la habitación.

# Capítulo 12

El viento soplaba inclemente en el pequeño desembarcadero del castillo de Bamburgh, era una noche oscura, la espesa niebla le daba un toque fantasmal al paisaje. El Halcón se fumaba un cigarro ignorando el frío, que era tan característico para esas fechas, faltaban dos meses para Navidad. A sus pies, un tanto hundida en la arena, una lámpara de gas le permitía vigilar cómo su tripulación bajaba las pesadas cajas de madera llenas de licor y las colocaba en las ocho carretas dispuestas en fila que las llevarían a las bodegas del duque de Cambridge.

Su mirada glacial descansó en su segundo al mando, un irlandés macizo, tan alto como él; se había ganado su confianza trabajando a su lado sin descanso, lo extrañaría, eran muchos años juntos desafiando tormentas, a piratas y a ladrones de puertos. Se recostó en el muro y tensó la mandíbula. Siempre que se acercaba a Londres, se hacía presente el conocido sentimiento de añoranza, nostalgia por su gente, su hogar. Había tenido que crear una nueva vida para mantenerse cuerdo y no permitir que la rabia y el odio lo consumieran. Dio una fuerte calada absorbiendo el fuerte olor del humo, disfrutaba de pocos placeres, y el tabaco era uno de ellos.

Mientras seguía los movimientos de los marinos, su mente divagó por los años en que había viajado y había amasado riquezas que no necesitaba. Como heredero de una de las casas aristocráticas más antiguas, Andrés Aron Sutton, marqués de Wessex, debería estar sentado en una de las mesas exclusivas del White tomándose una buen vaso de whisky añejo, sin embargo, estaba allí recostado en un muro de más de quinientos años en una noche particularmente fría observando trabajar a sus hombres.

Miró su cigarro como si en él pudiese encontrar la contestación a todas sus penas; a pesar de todo lo ocurrido, tenía que admitir que esa desgracia le había convertido en un hombre más fuerte, con una visión de la vida completamente diferente, lo había curtido, le había endurecido, ya no quedaba rastro de aquel caballero que había salido huyendo de Londres. «Tal vez tenga que agradecer tu traición, Evans», meditó dándole otra calada a su cigarro mientras recordaba con amargura el nombre del que había sido como su hermano.

Frederick Evans, duque de Saint Albans, lo había acusado de haber sido el amante de su prometida. No se lo perdonaría jamás, haberle creído capaz de tal traición todavía le dolía, esa víbora había sabido jugar muy bien sus cartas. Sonrió con maldad mientras expulsaba el humo de su boca. «Espérame en el averno, bruja, te juro que te haré pagar allí abajo todo lo que me debes», sentenció lleno de resentimiento.

—Andrés. —Osbert se acercó sonriente y ambos se fundieron en un fuerte abrazo—. No te esperaba hasta Navidad.

—He tenido que arribar con el cargamento de licor antes, se me ha presentado un imprevisto —contestó separándose un poco, manteniendo sus manos en sus hombros—. Pareces un pirata con esa cabellera —terminó bromeando.

—Me he acostumbrado a ella —respondió sin darle importancia—, en cambio, a ti nadie te reconocería, llevas el cabello demasiado corto. ¿En dónde quedó aquella cabellera color oro, envidia de muchos en Oxford?

Andrés sonrió asintiendo.

—Ese era el marqués de Wessex, un dandi, un lujurioso libertino —respondió soltándolo, dándole otra calada a su cigarro.

—Me gusta más este hombre en el que te has convertido —le respondió con seriedad—. ¿Por qué has tenido que adelantar la entrega? Desde aquí puedo ver cuatro buques —dijo mirando hacia mar adentro, donde se podían entrever la silueta de los cuatro barcos a través de la fuerte neblina.

Un ladrido interrumpió el interrogatorio. Andrés se volvió, sonriente, al sentir las dos patas del perro sobre su espalda.

—¿Cómo está el rey del castillo de Bamburgh? —Andrés le rascó la oreja.

—*Aburrido de que Osbert sea tan estirado* —le ladró King impaciente.

—Deberías buscarle una compañía, Osbert —dijo Andrés con picardía mirando al perro.

—*Ni lo sueñen, lo mío es la libertad, soy un perro que reparte amor a todas las perras de las aldeas cercanas. Osbert y tú solo quieren verme jodido con una camada de perros y una perra que me ladre todo el día* —ladró furioso antes de salir corriendo a saludar a algunos marinos que le conocían.

—Lo pensaré…, conozco un criador de setter que tal

vez me pueda ayudar. King es un perro maduro con muchas malas mañas, no sé si soportaría a una perra joven correteando a su alrededor todo el día.

—¿Estás hablando de King o de ti? —preguntó socarrón—. Es un sacrilegio no emparejarlo. —Se rio mirando al perro saludar a sus hombres—. Ahora regresemos a donde nos quedamos antes del arribo de King.

—Dime qué sucede —lo apremió Osbert comenzando a preocuparse.

—No pasa nada —respondió—, no es nada que me perjudique.

—Andrés... —advirtió—, ¿cuánto tiempo te quedarás?

—Debo presentarme en Londres —respondió, esquivando su mirada—, los hermanos Brooksbank quieren reunirse conmigo. Ya sabes que capitaneo algunos de sus barcos, me gusta hacer negocios con ellos, son hombres rudos, pero con un estricto código de honor.

—Pero...

Andrés sonrió con cinismo mirando las olas embravecidas arremeter contra el embarcadero.

—Evans ha pedido mi cabeza... —le dijo con aparente calma—. Quiere que sea yo quien lleve los barcos a Estados Unidos; como sabrás, están transportando opio para las droguerías y, en apariencia, hay varios nobles implicados en el negocio —respondió desapasionadamente.

—¿Ha pedido que seas tú? —preguntó molesto.

Andrés le dio una fuerte calada a su cigarro mientras disfrutaba del intenso aroma sobre su rostro. —Evans no tiene idea de lo que está ocasionando, la verdad lo mejor para él es seguir pensando que era yo quien piernas de su prometida aquella noche. La verdad de lo que ocurrió entre aquellas paredes podría terminar por matarlo —le dijo con voz acerada.

—Yo siempre he sabido lo que ocurrió… —le dijo sorprendiendo al Halcón, quien abrió los ojos por la sorpresa—. Estoy de acuerdo contigo, lo mejor es llevarte ese secreto a la tumba, sé lo que ha significado para ti que te hayan creído capaz de tal traición, pero…

—¡Era una cualquiera! —escupió enfebrecido ante el recuerdo—. Siempre supe que no era lo que aparentaba. Tenía a Evans agarrado por las pelotas, bailando al paso que ella dictara, sin embargo, nunca imaginé la maldad que se escondía tras su fachada de ángel —susurró casi como si hubiese olvidado la presencia de Osbert—, fue una noche terrible, a veces pienso que el diablo en persona se paseó por aquella casa esa noche. Odio lo que sucedió, pero tienes razón, ese secreto debe morir conmigo. —Osbert asintió con pesar, el peso de esa tragedia había cambiado la vida de los dos hombres de manera irremediable—. Me alegro de que muriera aquella noche, porque entonces me hubiese obligado a matarla con mis propias manos —le respondió con sus ojos azules llenos de odio.

—¿Regresarás? —preguntó preocupado sabiendo que aquel regreso no presagiaba nada bueno, las heridas todavía estaban abiertas.

Andrés asintió con la cabeza sacando un puro de su abrigo, lo acercó a la pequeña lámpara de gas a sus pies, lo encendió con cuidado y se lo dio a Osbert, quien aspiró el delicado aroma con placer.

—Richard estaba allí esa noche, me creyeron culpable y me dejaron allí para que muriera carbonizado. Salí de allí a rastras, no puedo perdonarles —dijo mientras daba una fuerte calada al cigarro—, me condenaron.

Osbert asintió comprendiendo el infierno que había vivido Andrés, no solo lo habían acusado de una infamia, sino que, al igual que Evans, parte de su cuerpo había sido gravemente quemado.

Él mismo sabía el dolor desesperante que producían las quemaduras profundas, su mano izquierda era prueba de ello. Andrés tenía toda su espalda desfigurada, le había costado años ocultarla bajo un sorprendente tatuaje de un halcón que le recorría toda la zona hasta la cintura.

Se había quedado sin habla el día que lo había visto sin camisa ayudándole a sus hombres a desembarcar la mercancía. No conocía a ningún noble que tuviese tinta en su cuerpo, era una práctica exclusiva para marineros y personas que gustaban de la vida oscura y disipada.

El hombre frente a él tenía uno de los títulos más antiguos y en algún momento debería regresar a tomar su lugar en el mundo al cual pertenecía por derecho. Aunque ese tatuaje no estuviese a la vista, podría ser motivo para cuestionar su salud mental, bien sabía Osbert el alcance de las malas lenguas dentro de su mundo.

—Tengo el presentimiento de que se nos está invocando para regresar. Me han llegado noticias de Alexander y de Murray, ambos se han casado y Claxton se está paseando con su mujer por todos los salones de baile —le dijo con un tono de diversión.

—Claxton estaba en Estados Unidos…

—Regresó, y tomó el lugar que le corresponde por derecho, incluyendo a la esposa, que bien sabemos escogió su padre para él. A pesar de que comprendí su enojo, en el momento lo que hizo me pareció abominable, la joven era tan víctima como él.

—Nosotros ya habíamos partido cuando ocurrió el

escándalo de Claxton al sacar a su mujer de la iglesia a trompicones, pero fue tal la indignación de las damas que hasta mí llegaron los cotilleos —le recordó—. De todas manera, me sorprende su regreso, Claxton estaba muy a gusto en Nueva York… en cambio, me alegro por Murray, la última vez que hablamos sentí su sufrimiento —le confió Andrés, quien se había reunido con él en varios burdeles de la concurrida ciudad del continente americano.

Osbert lo miró precavido, inseguro de cómo abordar el tema de su madre, la duquesa de Wessex. Él sabía del afecto de Andrés por su madre y la complicidad entre ambos.

—Se rumorea que vuestra madre está dándole casa a los caballeros que todavía permanecen solteros renuentes a tener descendientes.

Andrés se giró mirándole con el ceño fruncido, él también había recibido una misiva del duque de Wellington advirtiéndole. Wellington había sido quien a lo largo de los años lo había mantenido al tanto de los sucesos más importantes que acaecían en su círculo social.

—Mi madre es muy cercana al rey…, te confieso que me he mantenido alejado todos estos años, ya no soy el hijo dócil y odiaría que tuviésemos un enfrentamiento en el que me obligara a decirle unas cuantas verdades que se merece. Si lo que dices es cierto, seguramente el rey está confabulado con ella, creo que mi madre es la única mujer que conversa con Jorge sin quitarse la ropa —dijo con sarcasmo haciendo sonreír a Osbert. Todos sabían de la reputación del monarca y lo poco que le importaba que se supiera de sus deslices—. No tengo claro el propósito de estos matrimonios, de todas maneras, si no hay herederos, el patrimonio regresa a la corona —afirmó Andrés.

—Sospecho que ese es el fin, herederos puros de cada linaje —respondió Osbert pensativo—. He estado meditando y la realidad es que somos muchos los que nos hemos negado a cumplir con nuestro deber... Honestamente, Jorge ha sido paciente.

—Tal vez tengas razón... —aceptó—. No lo había visto de esa manera, yo mismo soy el único heredero directo. Tendríamos que asaltar cunas para poder darle herederos a la corona —dijo asqueado ante el pensamiento de una joven tímida y llorosa.

—Creo que ahora no son tan tímidas —soltó Osbert sorpresivamente haciendo que Andrés levantara una ceja ante el inesperado comentario.

—¿Has conocido a una debutante? —preguntó dejando el cigarro en el aire cerca de sus labios.

—Ya conoces a mi tía, la baronesa de Doncaster, como siempre en estas fechas viaja a acompañarme, la diferencia es que este año, para mi sorpresa, arribó con dos jóvenes debutantes como invitadas —le respondió incómodo.

Andrés entrecerró los ojos con suspicacia y sonrió con malicia al notar la incomodidad de su amigo.

—¿Tienes a dos debutantes para ti solo en el castillo? —preguntó con sarcasmo.

—Sabes muy bien que sería incapaz de mancillar la reputación de una dama... —respondió indignado.

—¿Nunca has perdido el control a causa de la pasión? —preguntó sorprendido de la reacción de su amigo.

—No —respondió serio.

Andrés asintió dando otra calada, su sonrisa socarrona le erizó la piel a Osbert.

—Si alguna de esas debutantes logra hacerte olvidar por un momento vuestras obligaciones como un buen caballero… —Andrés lo señaló con su cigarro—, cásate con ella.

—No pienso casarme —respondió malhumorado—. ¿Quién me querría con estas quemaduras?

—¿Por qué no? Si lo que dices es cierto y madre está detrás de esa cacería, ni siquiera tú estarás fuera de su mira. Si de algo puedo dar fe es de la fuerza de voluntad que tiene mi madre para alcanzar sus fines. Y, por Dios, hombre, esas quemaduras las ocultas muy bien con el cabello; además, para hacer un hijo no necesitas el rostro, esas niñas esperan oscuridad y todo el acto con ropa puesta.

—Eres un cínico —le acusó Osbert.

—Soy honesto…, debe ser horrible tener que abrir de piernas a una niña llorando, suplicando por que todo termine.

—No había pensado en ello…

—Pues de solo imaginármelo se me eriza el cuerpo —dijo hastiado ante el pensamiento.

—¿Estarías dispuesto a casarte? —preguntó curioso llevando su mano enguantada a su cicatriz. «¿Sería posible que no fueran tan repulsivas como él cree?», pensó distraído.

Andrés meditó la respuesta, barrió la playa con la mirada mientras organizaba sus pensamientos, estaba cansado, el hastío estaba acabando con él, este era su último encargo, sus administradores tomarían el control de sus veinticinco navíos, casarse no era una opción que se hubiese planteado, no era un hombre con el que se pudiera compartir un hogar, sin embargo, sabía que una vez pisara Londres con la intención de quedarse, su madre utilizaría todas sus artimañas para casarlo. Y el pensamiento no le desagradó del todo, dejarle a su madre la tarea de escoger una esposa para él le quitaría de encima la obligación de presentarse a veladas sociales a las que no deseaba asistir.

Para su madre sería todo un placer elegir a la futura marquesa de Wessex, él solo tendría que personarse a discutir el contrato matrimonial. Luego de eso, se encontraría con la novia en la iglesia, no participaría de un cortejo, eso estaba descartado.

—¿Andrés? —insistió Osbert intrigado ante su silencio.

—Debo regresar... y, aunque mi intención es mantenerme en mi residencia de campo alejado del bullicio, no me opondré a ningún avance que haga mi madre por emparejarme siempre que la dama en cuestión tenga claro que será un matrimonio de conveniencia y de un mínimo trato —respondió sincero.

—Se llama Pearl —dijo de improviso recostándose en el muro junto a él, mirando hacia el mar—, es tan pequeña, se ve tan frágil que me siento asqueado cada vez que mi entrepierna se inquieta ante su presencia. —Su incomodidad era evidente.

—¿Cuántos años tiene? —preguntó sin poder ocultar la sonrisa traviesa en sus labios al ver la cara de sufrimiento de Osbert.

—Diecinueve... —respondió contrariado.

—Muy joven...

—Demasiado joven, demasiado dulce, demasiado bella, me abruma con su frescura, es como estar mirando directamente al sol, me tiene deslumbrado ante su candor —se sinceró renuente a mirarle un poco avergonzado ante sus inesperados sentimientos.

Andrés le miró en silencio sabiendo que ya su amigo estaba perdido, jamás habría pronunciado el nombre de la joven si no estuviese terriblemente confundido. La había tuteado. El que su tía hubiera aparecido con dos jóvenes damas le parecía más bien una emboscada, eran todas iguales, recurrían a viejas artimañas para lograr sus propósitos y él no tenía duda de que la baronesa quería ver a Osbert casado. Y la verdad es que no estaría mal, el castillo necesitaba risas y gritos para dejar atrás ese aspecto lúgubre y triste. Osbert merecía una nueva oportunidad.

—No te cierres a la vida, hermano, si ella viene a ti por su propia voluntad, abre tus brazos y estréchala fuertemente contra ti —le aconsejó con un dejo de tristeza en su voz.

—Te aconsejaría lo mismo…, no dejes que esa mujer se siga riendo de ti, lo que más enfurecería a esa zorra, en el infierno, donde seguro debe estar, es verlos felices a ambos —le espetó mirándole con seriedad.

—Siempre fuiste la conciencia de todos…, Alexander y tú estaban muy por encima de todos los demás —recordó.

—Patrañas, admite que les gustaba la depravación y el licor —le acusó señalándole con el cigarro.

Andrés se carcajeó señalándole cómo las carretas se ponían en movimiento.

—Te voy a extrañar —admitió encontrando su mirada con la de su amigo.

—Nada es eterno, Osbert, mi vida como el Halcón está por terminar.

—¿Y tu hijo? —le preguntó preocupado por el niño, de apenas tres años.

—Solo le pudo dejar una gran fortuna, lo reconozco como mi hijo bastardo, pero jamás podrá ostentar el título…

—Lo sé, pero ¿qué harás con él?

—Lo traigo conmigo, está a bordo de uno de los barcos…

—¿Y si te casas? —preguntó preocupado.

—Mi futura esposa solo tiene que preocuparse por llevar dignamente su título de marquesa, de mis hijos legítimos y bastardos me encargaré yo personalmente —respondió categórico—. Mis hijos son mi problema, y Aron será el heredero de todos los bienes que no están atados a mi título, eso ya está decidido.

—Andrés, te recuerdo que tu madre…

—Mi madre tendrá que aceptar que mi hijo bastardo viva conmigo porque, de lo contrario, no habrá hijos legítimos —contestó con determinación tirando el cigarro sobre la arena y aplastándole con la pesada bota.

Osbert asintió en silencio presintiendo que las cosas no serían tan fáciles como Andrés suponía, Antonella era conocida por su posición clasista y su desprecio por la aristocracia de menor rango. Saber de la existencia de un nieto que había nacido de la relación de su adorado hijo con una negra esclava no le iba a causar ninguna gracia.

Osbert subió deprisa por el sendero que lo llevaba a la puerta trasera del castillo, el viento era cada vez más fuerte, se sentía inquieto ante la visita de Andrés, ojalá Londres lo recibiera como se merecía, su amigo necesitaba un poco de paz. Siguió ascendiendo con King pisándole los talones, ya era tarde, seguramente, Pearl estuviese dormida, tenía que cuidarse, no quería recordar los momentos en que había temido por su vida. King ladró con fuerza contra la pesada puerta, Osbert lo miró con desconfianza.

—¿Qué sucede? —preguntó abriendo la puerta para que entrara, se giró preocupado mirando a la distancia, esperaba que Andrés no tuviera complicaciones en alta mar. Entró detrás de King y se detuvo abruptamente al ver a Pearl sentada en uno de los escalones, arrebujada en una capa.

King corrió hacia ella y lamió sus manos haciéndola reír encantada. Osbert se quedó allí de pie sin saber si gritarle por su insensatez o tomarla en brazos y subirla a su habitación, que era donde se suponía debía estar.

—Si fuera mi hija, le daba una zurra por insensata —le dijo abriendo su abrigo y quitándoselo para dárselo al lacayo parado en silencio en una esquina.

—Señor…

—Lo sé, la dama es incapaz de seguir instrucciones —lo interrumpió dándole el abrigo y los guantes.

Pearl lo observó en silencio, para nada diría algo que lo enfureciera, había ido tras él a la biblioteca y la había encontrado vacía, así que bajó a esperarle a que llegara de su paseo. Estaba aburrida de estar en la cama, Abby se había retirado temprano a dormir y su madrina sorpresivamente tenía dolor de cabeza. Se quedó sentada en el escalón sosteniéndole la mirada, incapaz de hilvanar algún pensamiento coherente cuando le miraba.

Osbert se acercó subiendo dos escalones, acuclillándose para estar a su misma altura, su delicioso olor le llegó y lo subyugó, su mirada se clavó en la de ella y se aferró a aquel sentimiento nuevo y exquisito de anticipación, deseaba nuevamente besarla, perderse en la dulzura de su inocencia. Las palabras de Andrés resonaron en su mente, tenía tanta sed de cariño, deseaba tanto sentir de nuevo sus caricias…

—Deberías estar en la cama —le murmuró su voz enronquecida.

—Lo sé —respondió bajito, temerosa de romper el encanto del momento.

—Esto es peligroso, dulzura —susurró sosteniéndole la mirada.

Pearl sonrió al escuchar la inesperada palabra cariñosa salir de sus labios.

—¿Dulzura?

—No he probado nada más dulce en mi vida que tus labios.

—No sé qué responder... —murmuró sonrojada ante sus palabras.

—Deliciosa —susurró seductor sonriendo ante la timidez de la joven.

Se incorporó un poco y, para sorpresa de Pearl, la levantó sin esfuerzo, subiendo con ella en brazos la escalinata. Se aferró a su cuello y enterró su rostro en su cabello desparramado sobre su hombro disfrutando una vez más de la intimidad del momento. Se mantuvo en silencio mientras él caminaba por el oscuro pasillo escasamente iluminado por las velas, Pearl sabía que la llevaba a su habitación. Entró con ella en brazos y la dejó con suavidad sobre la cama.

—Enviaré a una doncella para que te ayude —le dijo todavía inclinado sobre ella en la inmensa cama de cuatro postes.

—Todos duermen... —le recordó bajando su mirada a sus finos labios, la mezcla de su perfume con cigarro la tenía cautivada.

—Debo protegerte —dijo distraído siguiendo el movimiento de la joven al mojarse los labios con su lengua.

Su corazón dejó por un momento de latir, sabía que debía incorporarse y salir de la habitación, pero le era imposible, aquello que sentía al estar a su lado arrasaba con cualquier pensamiento racional que pudiese tener.

—Y si yo no quiero que me protejas...

«¿Qué estás haciendo? No sabes nada sobre la pasión», le advirtió su entrometida voz interior. Su mirada estaba clavada en aquellos labios que la instigaban a romper todas las reglas del decoro, deseaba sentirlo de nuevo, aunque solo fuese una vez más.

—Eres una dama de noble cuna…, con lo que ya ha ocurrido entre nosotros es motivo suficiente para hacerle a tu padre una petición de matrimonio.

Pearl levantó su mano y tomó entre sus dedos algunos mechones de su negro cabello y los acarició negándose a escuchar sus razonamientos. Podía ser joven e inexperta, pero tenía la certeza de que él sentía lo mismo que ella, un fuego abrasador que consumía todo su cuerpo.

Podía ver el brillo en su mirada, sabía que él estaba pasando por el mismo infierno que ella. No pensaba dejarle ganar, aunque no supiera a dónde le llevaba ese camino, no daría un paso atrás, estaba dispuesta a todo por entrar en el corazón de Osbert y hacerlo suyo. Tal vez fuera romántica, pero esa era ella, una joven llena de ilusiones, con mucho amor para dar y con la ilusión de tener un matrimonio como sus padres, lleno de amor, con un hombre que la quisiera más allá de lo que pudiesen dictar las normas sociales.

—Me tienes al borde de un precipicio —gimió cerrando los ojos ante la imagen de ella acariciándole con tanta intimidad—. Ayúdame a mantenerte a salvo —suplicó.

—No quiero que me salves —le musitó con voz dulce.

Su mano se desplazó hacia el elegante lazo alrededor de su cuello, sus dedos curiosos tiraron de él, llegando hasta su piel, el gemido de placer avivó más su curiosidad, dejando atrás su preocupación por lo desconocido. En su fuero interior sabía que estaba a salvo en las manos del duque de Cambridge, era un hombre de honor del que estaba segura, a pesar de su inexperiencia, debía sentir algo muy profundo por ella para permitirse esas libertades fuera de lo moralmente establecido. Ese pensamiento le llevó a tener esperanzas, a dejarse llevar y rezar que Dios la perdonara por estar permitiendo que un hombre la tocara antes de pronunciar frente a la iglesia los sagrados votos matrimoniales.

—Pearl…

—Osbert, bésame…

—Te debo respeto… a ti y a tu familia…, no quiero deshonrarte —murmuró angustiado contra sus labios.

—Tus labios sobre los míos son el mismísimo cielo —le susurró antes de pegar sus labios a los suyos.

Osbert la atrajo con suavidad hacia su cuerpo, se acomodó más en la orilla de la cama, lo tenía a su merced, perdió las fuerzas y abrió su boca permitiéndole entrar. Una sensación dulce se instaló en su pecho al sentir el tanteo inexperto de su lengua entrando curiosa a su encuentro, sintió un calor inesperado, un sentimiento de protección, tomó conciencia de la inocencia de la dama en sus brazos y se sintió desbordado por las emociones.

Gimió desesperado contra su boca y la aceptó de buen grado, participó del encuentro uniéndose en una danza lenta, suave, delicada mostrándole a su ninfa cómo era el despertar a la pasión, al sentimiento sublime de la entrega, porque eso era lo que sentía en aquel momento, le estaba entregando el alma a aquella joven dama completamente inocente de lo que acontecía entre un hombre y una mujer. Pearl iba a ciegas poniendo toda su confianza en él, y ese hecho le hizo sentirse humilde. Sus labios dejaron los de ellas y siguió un rastro de suaves besos por su cuello de marfil, le escuchó gemir de gusto, se sintió eufórico ante el placer de ella por sus caricias. «Dios, qué bien se siente tenerla entre mis brazos», pensó mientras bajaba más. Fue el borde de su capa lo que lo hizo reaccionar, incorporándose de golpe, la soltó levantándose de la cama, se pasó las manos con impaciencia por sus cabellos dándole la espalda a Pearl, que lo miraba con sus ojos todavía nublados por la pasión compartida.

—¿Osbert?

—Enviaré a una doncella... —dijo saliendo de la habitación sin volver a mirarla.

—¿Besarán todos los caballeros igual que Osbert? —se preguntó en voz alta mirando la puerta abierta por donde él había salido minutos antes.

# Capítulo 13

Osbert intentaba leer el libro entre sus manos sin mucho éxito. La imagen de Pearl entre sus brazos lo había mantenido despierto toda la noche, se sentía inquieto, por primera vez en todos los años que llevaba allí recluido, se estaba replanteando su modo de enfrentar la tragedia de la traición de su único hermano y la injusta muerte de su madre días después.

Dejó el libro sobre la mesita al lado de la butaca y miró distraído las llamas de la chimenea frente a él, se había negado a dar explicaciones a la sociedad a la cual pertenecía, los primeros años habían sido abrumadores, fue un milagro que pudieran salvar su mano. Las marcas en su rostro lo mantenían en la oscuridad, se había acostumbrado a estar solo. Ahora Pearl le estaba obligando a enfrentarse con ese pasado que todavía era doloroso de recordar.

En ningún momento había visto repulsión en el rostro de la joven, más bien todo lo contrario, y para su espíritu atormentado eso era un soplo de aire fresco, la joven lo atrajo desde el primer momento en que sus miradas se encontraron. Sin embargo, dar un paso al frente significaba tener que regresar a Londres, ella era demasiado joven para obligarla a mantener un aislamiento forzado junto a él. Una joven tan llena de vida, encerrada en ese castillo sería inhumano; además, estaba seguro de que la familia de Pearl no se lo permitiría por más derecho que tuviese como su esposo. «No puedo atarla a mí», pensó.

Cerró los ojos, angustiado, no quería regresar, pero el solo pensar en que ella se alejara le ponía enfermo. ¿Cómo demonios se había metido tan hondo en sus sentimientos? ¿En qué momento bajó tanto la guardia dejando que ese sentimiento de posesión lograra infiltrarse en su pecho?

—Su excelencia —interrumpió Jarvis sobresaltándolo—, la baronesa desea saber si las acompañará en la cena.

Osbert permaneció en silencio masajeando distraído su mano adolorida.

—Le recuerdo que no ha bajado ni un solo día a acompañarlas —se aventuró Jarvis a recordarle sus responsabilidades como dueño del castillo.

—Haz subir a mi ayudante de cámara y avísale a mi tía que la cena será en el comedor principal —respondió pensativo sin levantar la mirada.

—¿Quiere la cena en el comedor principal? —preguntó seguro de que había entendido mal, ese comedor se había mantenido cerrado, ya que tenía capacidad para cien comensales. Se utilizaba una estancia contigua mucho más pequeña con capacidad para cincuenta personas.

—Es lo que he dicho —respondió hosco.

—Sí, señor —respondió haciendo una breve reverencia antes de salir.

Jarvis cerró la puerta de la habitación con cuidado y se quedó mirando pensativo el pasillo. «Mejor advierto a la baronesa del extraño humor que tiene el señor, presiento que tiene algo entre manos», meditó volviendo a mirar la puerta cerrada preocupado, ya eran muchos años junto al duque para no reconocer cuando estaba de muy malas pulgas.

Alice intentaba sin éxito tirar del corsé, había tocado varias veces la campana y no aparecía ninguna doncella, supuso estarían escondidas huyendo de sus obligaciones, porque las cobardes sabían para qué las estaba llamando. ¿Qué tenía de malo querer que su cintura se viera más pequeña? Ella tenía todo el derecho de presumir, a pesar de su viudez, todavía conservaba buenos pechos y en general todo estaba donde debía estar. Un toque en la puerta la hizo girarse y suspirar con alivio.

—Entre —gritó malhumorada.

Jarvis entró confiado a la estancia, al ver a la mujer casi semidesnuda perdió el poco color que tenía en la cara, se detuvo de súbito sin poder creer que la baronesa fuese tan descarada, tenía el corsé abierto y los enormes pechos a punto de escabullirse de la prisión de la prenda femenina.

—¡Deprisa, Jarvis! Hala los cordones para cerrar el corsé —le instó la mujer sin importarle que fuera el mayordomo y que ella estuviese mostrando todo su pecho.

—¡Milady! —exclamó horrorizado abriendo los ojos como platos al verla acercarse, su cuello se puso rojo ante semejante aprieto.

—Vamos, Jarvis, estoy segura de que has querido tocar mis pechos más de una vez —le contestó exasperada acercándose más, entregándole los dos cordones.

Jarvis miró los cordones y, sin poder evitar la tentación del diablo, sus ojos descansaron en los dos melones rosados, a su entrepierna moribunda le dio por resucitar en ese momento y del mismo susto le haló los cordones hasta hacerla chillar de dolor.

—¡Jarvis! —le gritó mirándolo acusadora—. ¿Es que quieres matarme?

—¿Qué esperaba? —preguntó exasperado ante la desfachatez de la mujer—. Para encerrar esos pechos dentro de este artilugio se debe tirar con todas las fuerzas que se tengan —respondió acalorado haciendo un doble nudo.

—Ahora ayúdame a cerrar el vestido —le apremió girándose, rozando la entrepierna de Jarvis con sus anchas caderas.

—Milady ... —comenzó a punto de perder la paciencia.

—Ese bulto que tienes entre las piernas me da la razón, estamos perdiendo el tiempo, te haría gozar, gorrioncito. —Alice le miró seductora a través del espejo, sus mejillas regordetas estaban rosadas por el calor del momento.

Jarvis desvió la mirada y se mordió el labio para no caer en la tentación de darle, aunque fuese, un pequeño mordisco a todo el exceso de carnes que tenía la baronesa. Siempre le habían atraído las damas con amplias caderas y muslos robustos. Sus manos temblaban haciéndole más difícil abotonar la pequeña hilera de botones.

—Gracias, tienes unas manos encantadoras —susurró coqueta guiñándole un ojo.

Jarvis inclinó la cabeza.

—He venido a advertirle que su sobrino ha decidido

abrir el comedor formal para la cena de esta noche —le dijo intentando desviar la atención de la dama del bulto entre sus piernas. No caería en su trampa, la baronesa tenía cara de ser una mujer muy golosa y a sus años no había forma de complacer esos gustos.

Alice se giró ceñuda, caminó hacia el aparador cerca de la chimenea y tomó un dulce de la bandeja de plata, dio un mordisco mientras pensaba en las palabras del mayordomo. Mientras tanto, Jarvis le miraba las anchas caderas que se bamboleaban de un lado para el otro. «Su trasero debe ser tan grande como sus pechos», meditó sabiendo que esa noche tendría que aliviarse otra vez solo. Era un cobarde, no se atrevía a retozar con aquella mujer porque sabía que lo más probable era que saliera muerto de la experiencia.

—Envía un mensajero a las posadas cercanas para que nos reserven dos habitaciones…, si Osbert busca una excusa para sacar a Pearl del castillo, lo haremos —le dijo pensativa—. Adviértele al caballerizo que nos tenga los mejores caballos disponibles, asegúrate de que nos acompañen por lo menos cuarto hombres.

—¿Se dará por vencida tan fácil? —preguntó sorprendido.

Alice sonrió tomando otro dulce de nata, se sentó en la butaca frente a la chimenea y le hizo señas a Jarvis para que se acercara.

—No voy a permitir que Osbert le haga daño, deseo esa unión, pero no por encima de los sentimientos de mi ahijada. Si lo que sospecho es lo que mi sobrino tiene planeado, hará llorar a mi niña. Ya la conoció, sabe de la existencia de Pearl, ahora solamente podemos confiar en que se hayan creado fuertes lazos en tan poco tiempo.

—Pero…

—No voy a interceder… Si lo que Osbert siente

por ella es más fuerte, irá tras ella, de lo contrario, es mejor que Pearl espere a su verdadero príncipe azul —respondió convencida.

—No la entiendo —contestó mirándola sin comprender su razonamiento, la mayoría de los matrimonios dentro de la aristocracia nada tenían que ver con el amor.

—El padre de Pearl nunca consentirá un matrimonio sin amor. —Alice puso los ojos en blanco—. La difunta condesa lo mimó demasiado y ahora él quiere lo mismo para todos sus hijos —le explicó.

—¿Qué piensa hará el señor? —preguntó curioso.

—Le hará ver que ser la duquesa de Cambridge es demasiado para ella... y, aunque estoy un poco de acuerdo, me parece injusto que él se valga de ese artilugio para apartarla —suspiró contrariada.

—Debo decirle —Jarvis carraspeó— que cada encuentro va subiendo de tono. —Desvió la vista, avergonzado de tener que dejar en evidencia a su señor—. No creo que el señor se sienta cómodo, a pesar de sus andanzas de juventud, siempre fue muy respetuoso de las normas sociales... Usted bien sabe que el viejo duque era implacable —le recordó.

Alice asintió seria.

—Esa es la verdadera razón para apartarla..., su honor, teme sucumbir a la pasión —le dijo mordiéndose el labio—. No quiero que mi ahijada se tenga que casar obligada, en eso debo darle la razón.

—¿Entonces?

—Dejaremos que todo fluya... Uno propone, Jarvis, pero el de arriba o el de abajo disponen, veremos cuál de los dos está interesado en la historia, espero que sea el de arriba y que nos envíe, de paso, un ángel para ayudarnos.

—Espero que el de arriba —respondió mirando al techo.

—Yo también, Jarvis —murmuró extendiendo la mano, agarrando su entrepierna. Jarvis dio un brinco retirándose de su agarre y corrió hacia la puerta sin importarle lo que pudiese pensar la lujuriosa mujer, las carcajadas de la baronesa lo siguieron por todo el pasillo mientras se alejaba como alma que lleva el diablo.

# Capítulo 14

earl intentó por todos los medios tranquilizarse antes de entrar al elegante salón de banquetes, sentía la mano enguantada de Abby aprisionar la suya. No entendía a qué se debía tanta formalidad para solo cuatro personas. Siguieron a su madrina en silencio quien, para su sorpresa, se había mantenido reacia a contestar sus preguntas, entregaron sus guantes a una de las doncella antes de proseguir.

La mesa del comedor era interminable, los arreglos a lo largo de esta eran candelabros que estaba segura eran de oro, al mirar hacia el techo se maravilló de las lámparas de araña con todas las velas encendidas, «¿quién demonios se subirá allí a cambiarlas?», se preguntó consternada. Había varias doncellas apostadas en diferentes áreas del comedor con uniformes de gala en blanco y negro.

Abby, a su lado, balbuceaba alguna cosa inentendible, seguramente conmocionada, de la misma manera que ella lo estaba. A pesar de ser parte de la aristocracia desde la cuna, jamás había estado presente en una cena tan ostentosa. Ahora comprendía las exigencias de su madrina en el vestido de gala que vestía esa noche; le dio gracias mentalmente a madame Coquet por su increíble vestido de seda en tono verde musgo que realzaba el color de su piel y su rojiza cabellera. El corpiño aprisionaba sus pechos haciéndolos más visibles, había tenido dudas sobre la elección del vestido, sin embargo, su madrina no había dicho ningún comentario negativo sobre el atrevido escote, al contrario, había alabado su elección. Se llevó una mano a su recogido, un poco nerviosa.

—No entiendo por qué vamos a cenar aquí —le susurró Abby a su lado.

—Yo tampoco —respondió mirándola de reojo.

Se detuvieron al llegar a la cabecera del comedor, donde les esperaba su anfitrión con una mirada distante. La joven le miró aturdida mientras saludaba a su madrina. Su atuendo tan formal le dejó intimidada, por alguna extraña razón le dio miedo sentirlo tan inalcanzable. Por primera vez desde que había llegado al castillo, se sintió insegura de ser una buena esposa para un hombre tan elegante y refinado; a pesar de su educación, sintió incertidumbre ante la gran diferencia de edad entre los dos. Al verle allí de pie tan imponente en su papel de duque de Cambridge se sintió demasiado joven e inexperta.

El mayordomo la acomodó a su izquierda y su madrina a la derecha, Abby se sentó a su lado. Su saludo fue frío y distante, como si jamás hubiese cruzado alguna palabra con ella; se sintió mortificada y, a la misma vez, herida. Su madrina acaparó la conversación por completo y en ese momento lo agradeció. Abby y ella contestaron en monosílabas lo escaso que se les preguntó, ambas se mantuvieron al margen de la conversación.

—¡Oh, querido! Me siento halagada de que me agasajes con tan espectacular cena —suspiró con añoranza—. Este comedor trae a mi memoria gratas veladas con personalidades exquisitas —dijo haciéndole una seña con su mano llena de pulseras de distintas gemas a la doncella para que agregara más sopa de marisco a su plato ya bastante lleno.

Pearl tomó el cubierto sin mucho ánimo, no creía que pudiese probar bocado, sentía un nudo en el estómago, tenía los nervios crispados.

La cena fue transcurriendo sin imprevistos, con su madrina liderando la charla. Pearl se negaba a interrumpir, su intuición le decía que se mantuviera apartada. Estaban degustando el último plato cuando el anfitrión dejó caer sobre la mesa las verdaderas intenciones de aquella cena tan formal.

—Debo admitir que esta vez se ha superado, tía —dijo Osbert llevándose la copa de vino a los labios.

—No entiendo tus palabras —respondió Alice con inocencia, había estado esperando el golpe, debía dar gracias de que la hubiese dejado comer con tranquilidad. «Falta el postre», meditó con pena.

—¿En serio me cree tan iluso? —respondió con frialdad dejando la copa con suavidad sobre la mesa.

—No sé a qué te refieres, sobrino —respondió tomando un sorbo de vino, sosteniéndole la mirada.

—¿En serio piensa que después de tantos años en soledad me voy a deposar con una joven que ni siquiera ha levantado la mirada de su plato?—preguntó con desprecio.

Alice levantó una ceja ante sus desacertadas palabras.

—Vuelvo a repetirte que no sé de qué me hablas —le respondió inocente. «Me temo que cometí un imperdonable error», pensó cerrando su mano con fuerza sobre la copa.

—¡Miente! —respondió inalterable, atento a todos sus movimientos.

—¡Osbert! —exclamó indignada ante su acusación,

aunque fuese cierto, le debía respeto y consideración.

—La presencia de su ahijada en mi casa es más que evidencia de su descabellado plan de encontrar una esposa para el ducado de Cambridge. Sin embargo, le recuerdo que soy un hombre muy capaz de seleccionar a la candidata adecuada que, definitivamente, no será un ratoncito asustado, como lo es lady Exeter. —El cuerpo de Osbert se tensó ante las fuertes palabras, sabía que estaba actuando como un canalla, pero no podía atarla a alguien que había abrazado la soledad y el silencio—. Su ahijada no tiene ninguna de esas cualidades —terminó acerado llevándose su copa de vino a sus labios.

—Retira tus palabras —exclamó Alice escandalizada. Su redondeada cara, sonrojada de mortificación. No podía concebir que su sobrino hubiese sido tan cruel.

Pearl escuchó el gemido de angustia de Abby a su lado, suavemente dejó su cubierto sobre el plato, un escalofrío le recorrió toda la espalda, su cuerpo reaccionó al golpe de aquellas palabras, elevó su pálido rostro encontrando su fría mirada, la Pearl testaruda emergió valiente plantando cara, negándose a permitir que perdiera la poca dignidad que le quedaba. Había venido en busca de un sueño, de un príncipe y aquel hombre sentado frente a ella no tenía ningún derecho a arrebatarle sus ilusiones, sus esperanzas. Se negó a darle la satisfacción de verla descomponerse ante sus palabras tan duras, crueles e injustas.

—Pearl… —Alice intentó decir algo, pero se sentía tan culpable por haber puesto a su ahijada en tal situación que se sintió enferma.

Pearl se incorporó lentamente sosteniéndole la mirada, sin permitirse un pestañeo, dejó caer la servilleta bordada sin importarle dónde cayera, se irguió lo más que pudo a pesar de su pequeña estatura, mirándole con una frialdad que estaba muy lejos de sentir.

—Es usted un cobarde, milord, solo un hombre sin conciencia hace algo tan ruin. —Se obligó a sostenerle la mirada—. Para no ser la mujer apropiada para ser la duquesa de Cambridge, bien que le valió besarme a su antojo aprovechando mi inexperiencia. —Pearl ignoró la exclamación de horror de su madrina—. Descuide, que nadie lo obligará a casarse —le dijo al ver su palidez ante su acusación—. Jamás aceptaría como mi esposo a un patán sin sentimientos.

—Osbert, exijo una explicación —intervino Alice.

—No hay nada que explicar, madrina, su sobrino es un hipócrita. Se ha encerrado en este castillo porque su ego es tan grande que no acepta que le vean las insípidas marcas en su rostro —le dijo rígida—. Es usted un fraude, milord, me arrepiento de haberle entregado mi primer beso. —Su rostro dejó ver su decepción.

Osbert tensó la mandíbula al ver el dolor en los ojos de la joven. «Mereces algo mejor, mi ninfa», pensó a punto de ponerse de pie y caer de rodillas ante sus pies para que volviese a mirarlo como siempre.

—¡Dios mío! —exclamó Alice verdaderamente angustiada ante aquel desastre.

—Su sobrino, madrina, no merece sus lágrimas, déjelo aquí entre estas paredes para que encuentre la muerte de una vez y por todas —terminó, agarrando la copa de vino frente a ella, la cual tiró sobre Osbert y mojó toda su blanca camisa del rojo líquido.

Se escuchó la exclamación de sorpresa de la servidumbre a lo largo del comedor.

—Si ser una buena duquesa significa tener que cargar con un hombre como usted, entonces repudio la posición. Tenga por seguro, su excelencia, que jamás le permitiría que me humillase —escupió con desprecio—, antes me quedaría con sus pelotas en mis manos —terminó, cerrando la mano en un puño, dejándole ver de lo que sería capaz por mantener su dignidad.

Poco le importó la presencia de la servidumbre, jamás se había sentido tan defraudada, se había equivocado por completo al juzgar a aquel hombre, la decepción le llegó al alma. Se giró y salió de aquel salón como si fuera la mismísima reina consorte de Inglaterra, tensó la mandíbula mientras miraba al frente, «ese ser no merece tus lágrimas», se recriminó saliendo del salón.

Abby se levantó temblando al ver cómo su amiga y hermana salía del comedor, no podía creer que el hombre hubiese llegado a esos extremos para deshacerse de ella. Miró al duque con desprecio.

—Tal vez Pearl no esté a la altura para ser la duquesa de Cambridge, pero nadie lo habría amado más que ella —le dijo antes de abandonar el salón junto con Alice, que se había levantado y se negaba a mirar a su sobrino.

—No eres bienvenida en mi casa, tía —le espetó cerrando el puño sobre la mesa.

—Descuida, nos iremos mañana temprano —respondió sin volverse, estaba segura de que diría cosas de las que luego se arrepentiría, para ella no había arma más letal que las palabras, porque luego de dichas en un momento de rabia ya no podías recogerlas y se quedaban por siempre grabadas en el alma.

Osbert se quedó allí sentado mirando la larga mesa frente a él, se sintió vil, sucio. Lo había llamado "cobarde". Cerró los ojos, angustiado ante la duda de lo que había hecho, sabiendo que sus palabras lo martirizarían por siempre.

—Señor... —Se acercó Jarvis preocupado.

—Déjame solo —ordenó.

Jarvis asintió, con un gesto de la mano le hizo una seña a la servidumbre para que saliera del comedor. Osbert sintió la presencia de King a su lado, las gotas de vino bajaban por su rostro, sin embargo, era incapaz de moverse.

—La he salvado —susurró levantando su mano, enterrándola en el pelaje de King, buscando dónde aferrarse.

—*La amas y estás muerto de miedo* —le ladró acercándose más a la silla para reconfortar a su amo. «Es mejor ser un perro», aulló triste ante la partida de la joven que también le había ganado el corazón. «Si fuese una perra, me casaría con ella», pensó lloriqueando.

Abby abrió la puerta con suavidad y asomó su cabeza para ver si Pearl estaba en la recámara, al verla sentada sobre la cama en silencio, se decidió a entrar. Se acercó despacio sin tener claro qué decir, ella misma había sentido su cuerpo estremecerse ante las duras palabras del duque.

—Pearl… —comenzó indecisa.

—Me presentaré en Almacks, y lo voy a disfrutar —le dijo sin levantar la mirada.

—Serás la mejor…

—No seré la mejor, pero sí seré las más decidida en encontrar a su príncipe azul. —Elevó la mirada encontrando los ojos azules de Abby nublados por las lágrimas—. Él no me quitará mis ilusiones, mis sueños ¡No lo voy a permitir! —dijo decidida.

—Yo te seguiré de cerca y te ayudaré a encontrarlo

—respondió parpadeando para no llorar.

—Cuida tu corazón, mi hermano no te merece —le dijo con una sonrisa triste.

—Estoy muy orgullosa de ser tu amiga. Allí abajo me hiciste ver lo importante que es plantar cara y no permitir que nadie nos humille y nos haga sentir inferiores. Jamás te hubiese creído capaz de enfrentarte al duque y ponerlo en su lugar. —Abby no pudo evitar la emoción en sus palabras.

—Me duele mucho… —le susurró como si fuese un secreto.

—Lo sé.

—Olvidaré todos sus besos… —Su voz era tan baja que Abby tuvo que acercarse más para poder escucharla.

—Ciertamente, alguien te los borrará de los labios —le aseguró Abby.

Pearl asintió tomando las manos de Abby entre las suyas, aferrándose a ellas.

—¿Cómo pudo, Abby? Cómo pudo ensuciar algo tan hermoso? —preguntó abatida.

—No lo sé…, pero mañana regresaremos a Londres y yo te ayudaré a sacarlo de tu corazón —respondió decidida, abrazándola, escondiendo sus lágrimas, no quería que Pearl se angustiara más.

—Eres la mejor amiga que podría tener.

—Nada de amigas, somos hermanas. —Abby le dio un sonoro beso en la mejilla—. Nosotras lo hemos decidido así.

—Cierto, somos hermanas —respondió abrazándola con fuerza mientras Abby sentía sus sollozos, en ese momento odió a todos los hombres.

El viaje de regreso les había tomado una semana, la baronesa no había querido poner en riesgo la seguridad de las jóvenes, por lo que obligaba a los hombres que las acompañaban a detenerse a descansar a diario en las mejores posadas que encontraban a lo largo del camino. Pearl se había mantenido en silencio, sin deseos de participar en la charla de Abby con su madrina.

La mayoría de la aristocracia estaría en sus residencias rurales, Pearl dio gracias a Dios, no deseaba la compañía de nadie en ese momento y, además, el fuerte resfriado todavía tenía secuelas; si deseaba participar del inicio de temporada, lo mejor sería descansar tranquila los próximos meses y lamerse sola las heridas. Con seguridad tendría a su padre y a sus hermanos revoloteando a su alrededor, suspiró arrebujándose en su abrigo y observando con alivio las callejuelas que las llevaban hasta su casa.

# Capítulo 15

La cabeza le dolía horrores, el fuerte olor a whisky en su ropa era evidencia de los días que llevaba encerrado en sus aposentos tirado en su cama sin permitirle la entrada ni siquiera a Jarvis, que intentaba desde el otro lado de la puerta hacerlo entrar en razón. Se apartó el cabello de la cara e intentó fijar la mirada en algún punto de la oscura habitación, el fuego de la chimenea había bajado considerablemente, por lo que estaba seguro de que eso era lo que le había sacado de la inconciencia. Se incorporó como pudo apoyándose en el codo. Tenía la lengua seca y pastosa.

Se sentó con dificultad dejando caer sus piernas por la orilla de la cama, todavía llevaba las botas puestas, su cabeza se reclinó hacia atrás y gimió atormentado al tomar nuevamente conciencia de lo que había hecho. La desesperación le atenazó el cuerpo otra vez y angustiado se puso de pie. «Necesito salir de aquí», pensó con ansiedad.

Se dirigió hacia la puerta tambaleándose, todavía aturdido atravesó el largo pasillo sin preocuparse de lo que se llevaba a su paso, necesitaba el aire frío sobre su piel, sentía que se estaba ahogando, le faltaba el aire. Salió a la noche sin protección, con su camisa negra abierta dejando ver su delineado pecho ausente de vellos, el viento agitó su cabellera mientras él bajaba dando tumbos por el sendero arenoso, se obligó a proseguir hasta llegar a la orilla. Se detuvo aspirando una fuerte bocanada de aire, mirando atormentado el oscuro mar embravecido, las olas furiosas intentaban sin éxito atraparle, pero solo podían lamer sus botas antes de regresar a su origen.

Osbert se llevó las manos a la cabeza y gritó abrumado.

—¡Me has robado lo único que me quedaba! —bramó enloquecido—. ¡Regresa, ninfa! —gritó con voz ronca dejándose caer de rodillas sobre la orilla—. Regresa con mi alma —suplicó desesperado llevándose una mano al corazón.

King, que lo había seguido de cerca, se acercó, puso su pata en su hombro y lloró junto a su señor.

—Me duele, amigo. ¡Dios, cuánto me duele! No pudo respirar —lloró abrazándose a King, quien se mantenía atento a que el agua no tocara más que las botas de su amo.

«Prefiere este dolor a arriesgarse a amar, no entiendo a los humanos», meditó King muy atento a lo que sucedía alrededor del duque.

Osbert se mantuvo aferrado al cuello de King, con su cabeza entre su pelaje. La cordura llegó hasta él, no podía permitir que sus miedos alejaran lo más hermoso que había tenido, Pearl había entrado en su vida como un vendaval, arrasando todo a su paso. Con una sola mirada lo había desalmado, el dolor que sentía en ese momento no tenía comparación con lo que había vivido en el pasado, la pérdida de su madre, aunque lo había desbastado, no se comparaba con el dolor insoportable que sentía en su corazón. El pensar en Pearl en brazos de otro hombre le destruía, lo hacía perder la poca cordura que le quedaba, no podía regresar a ese cuarto oscuro y silencioso que había sido su vida hasta ahora.

Sabía que la había herido, tendría que utilizar todas sus armas para llegar hasta ella, probableamente, le cerraría todas las puertas, y estaría en todo su derecho, había sido un canalla, el miedo a tener que salir a enfrentar a la sociedad a la que pertenecía lo había paralizado. Debería tener que arrastrarse, la había decepcionado, no sería fácil hacerla olvidar su estupidez, pero estaba dispuesto a lo que fuera para tenerla de nuevo entre sus brazos. El frío le hizo temblar y lo obligó a ponerse de pie, tenía la ropa empapada. Su mirada se perdió en la lejanía mientras su mente aceptaba lo inevitable.

—El duque de Cambridge debe regresar —le dijo al mar como si este pudiese contestarle—. Debo cortejar a una dama, a una ninfa de una sonrisa hermosa.

—*¡Por fin!* —le ladró King entusiasmado.

—Vamos, amigo, debo preparar mi regreso, ella vale más que cualquier desprecio que pueda recibir por mis quemaduras —le dijo acariciándole la cabeza mientras intentaban caminar por la arena y tomar el sendero de regreso al castillo—. Viajarás conmigo, no sé cuánto me pueda tomar convencerla y no quiero que te quedes solo —le dijo mientras subían por el sendero.

—*Te ayudaré a conquistarla, a ella le encanta mi pelaje* —le ladró King con seguridad.

Dos hombres recostados en una de las murallas observaban el ascenso del duque en silencio.

—Somos educados para no sentir, toda una vida reprimiendo fuertes emociones —dijo Andrés—, cuando logran emerger a la superficie pueden matarnos. —Le tendió un cigarro a su ayudante—. Vamos, al igual que Osbert, el marqués de Wessex también tiene que regresar.

—Te voy a extrañar —le respondió su segundo al mando.

—Lo harás bien, no confío en nadie más para dirigir mi flota de barcos —le confió.

—No te metas en problemas, dentro de ti tienes a un demonio encadenado que está esperando para salir —respondió Connan encontrando su mirada.

Andrés asintió y comenzó a caminar de regreso al barco, todavía tenía muchas cosas que solucionar antes de poner un pie en Londres. Había llegado el momento de dar un paso adelante y construir una nueva vida para él y su hijo Aron.

Pearl cerró la novela que estaba leyendo y se levantó deprisa al escuchar unos aullidos provenientes de la calle, el saloncito donde solía leer se encontraba muy cerca de la entrada de la residencia. Salió del salón en dirección a la puerta principal, donde ya estaba el mayordomo con la puerta abierta mirando exasperado hacia la entrada.

—De nuevo es esa perra que está buscando comida —le dijo al ama de llaves detrás de él, que intentaba mirar sobre su hombro.

—¿Qué sucede? —preguntó curiosa Pearl metiéndose por debajo del brazo del mayordomo, que intentaba cerrar la puerta. Al salir a la entrada, abrió los ojos sorprendida al ver una perra setter inglés negra intentando entrar a la casa.

—Apártese, señorita, ese chucho está muy sucio —le advirtió el ama de llaves.

Pearl extendió la mano y la perra comenzó a olisquearla.

—*¡Al fin un alma caritativa!* —ladró la cachorra campaneando el rabo de un lado al otro manifestando su alegría.

—Eres una preciosidad —le dijo sonriendo por primera vez en dos meses.

—Milady, tenga cuidado, podría lastimarla —le advirtió el ama de llaves.

—Ordene a uno de los lacayos asearla y alimentarla, luego llévela a mi salón privado —le ordenó acariciándole la cabeza con ternura.

Un carruaje conocido se detuvo en la acera, Pearl sonrió de gusto al ver bajar a Abby, con un bonito vestido amarillo en muselina, su amiga se acercó casi corriendo al verlos de pie con la perra en la entrada.

—¿Qué sucede? —preguntó mirándolos con suspicacia, arreglando su pequeño sombrero, que se había inclinado hacia un lado.

—Ha aparecido aquí y, por lo visto, está hambrienta —respondió Pearl señalándole la perra.

—¿Es una setter? —preguntó con un deje travieso en la mirada—. ¿Será el destino?

—No —respondió riendo traviesa—, no hay ninguna probabilidad de que se conozcan.

—De todas formas, sería muy viejo para ella —le dijo acariciándole el sucio pelaje.

—Déjeme llevarme la perra, milady —interrumpió el mayordomo dándole instrucciones a un lacayo, que la tomó en brazos y se la llevó con él.

La perra ladró inquieta, pero al ver que la entraban en la casa se tranquilizó.

—¿Qué haces aquí? —preguntó girándose extrañada al verla tan temprano en su casa.

—Te olvidas de que nuestro primer baile será dentro de una semana —gritó entusiasmada Abby abrazándola—, estoy muy nerviosa.

Pearl no contestó a su entusiasmo, aunque estaba preparada para comenzar su primera temporada, no sentía ningún entusiasmo de ir a interminables fiestas y caminar dando codazos entre la gente en los atestados salones de baile.

—Acompáñame a desayunar, estaba por ir al comedor cuando el ruido de la perra me hizo salir —le respondió Pearl tomándola del brazo, dirigiéndose hacia el comedor.

—Yo ya desayuné, pero te acompaño con una taza de té —contestó Abby soltando los lazos de su sombreo para quitárselo.

Pearl y Abby se detuvieron abruptamente al entrar al comedor, intercambiaron miradas a causa de la inesperada presencia de Sterling, quien estaba cómodamente sentado mirando el periódico mientras desayunaba.

—Buenos días, Sterling —le saludó Pearl tomando asiento a su lado, su hermano tenía la cara tapada por el periódico, por lo que no se había percatado de la presencia de Abby.

—¿Cuándo es el baile de presentación? —preguntó sin bajar el periódico ni contestar los buenos días.

—Será el próximo viernes en el club Almacks —respondió haciéndole una señal a Abby para que se mantuviera en silencio.

—¿Lady Rothsay ya ha obtenido el permiso de baile? —preguntó a través del periódico.

Pearl levantó una ceja y apretó los labios mirando a Abby, quien se había sonrojado ante la inesperada pregunta.

—¿Pearl? —insistió.

—Sí, milord, ya me otorgaron el permiso. ¿Desea

que le separe algún cotillón o contradanza? —dijo Abby sentándose a la derecha de Sterling y quedando frente a Pearl, que luchaba por no soltar una carcajada.

Sterling bajó despacio el periódico sin expresión alguna en su rostro, todo el tiempo había sabido de la presencia de la joven, la colonia que usaba con olor a cítrico la había delatado. La intuición le había advertido que la amiga de su hermana estaría en esos días más tiempo en la residencia de su padre y no se había equivocado al decidir pasar la noche allí en vez de en su residencia de soltero. Colocó con descuido el periódico y clavó sus ojos en el vestido de la joven, que dejaba ver un poco la cremosidad de sus generosos pechos. «Es un manjar», pensó cerrando las piernas, incómodo ante lo que la joven lo hacía sentir con su redondeada figura.

—Quiero el primer vals —respondió levantándose, debía salir de allí antes de ponerse en evidencia—, seré el primer hombre que baile con usted un vals en público —dictaminó saliendo del comedor sin esperar respuestas.

—Pearl... —comenzó Abby mirándolo salir sorprendida por la orden, porque eso era lo que había hecho, le había ordenado bailar con él su primer vals.

—No te aconsejo quedarte a solas con mi hermano... —le advirtió.

—¿Por qué? —preguntó llevándose la taza a la boca todavía con el corazón latiéndole desbocado.

Pearl puso los ojos en blanco al ver el sonrojo de su amiga, por más que Abby lo negara, bebía los vientos por su Sterling. Mientras esperaba que la doncella le sirviera, debía admitir que veía a su hermano más interesado de lo que había supuesto. Siempre que Abby y ella salían a caminar por Hyde Park, Sterling se las ingeniaba para aparecer y las escoltaba por todo el parque, no tenía dudas de que estaba cortejando a su amiga, aunque todavía no fuese formal.

—No quiero que me pase lo mismo que a ti, Pearl... —le confió sus miedos.

Abby se había horrorizado de la manera cómo el duque de Cambridge había herido los sentimientos de su amiga, ella estaba segura de que se hubiese desmoronado ante él, llorando como una niña; en cambio, Pearl se había enfurecido y le había respondido, admiraba mucho ese espíritu indomable, pero a la vez dulce de su amiga.

—Sterling no se atrevería, mi padre y yo misma le haríamos la vida imposible —respondió pinchando con rabia una loncha de tocino.

—Pearl... —Abby se sonrojó un poco buscando las palabras adecuadas.

Pearl levantó la mirada y entrecerró los ojos con suspicacia al ver la expresión incómoda en el rostro de Abby.

—¿Se puede saber qué te sucede? —preguntó clavando su mirada en el rostro de su amiga, que estaba muy sonrojado.

Abby colocó la taza sobre la mesa y se pasó la mano nerviosa por sus rizos negros.

—¿Sabes lo que sucede entre un hombre y una mujer en su noche de bodas?

—No, solo sé que las mujeres deben vestir negligé —respondió Pearl llevándose un panecillo con miel a la boca.

—¿Cómo lo sabes? —preguntó abriendo los ojos por la sorpresa.

—Por mis hermanos... A Thomas le encantan los negligés color rojo —le confesó bajando la voz, inclinándose para adelante, de manera que Abby pudiese escucharla.

—¿Y con eso ya es suficiente? —preguntó Abby insegura.

—Creo que sí, aunque los besos son muy… placenteros —respondió volviendo a sentarse a su derecha, mirando su plato con tristeza.

—Lo siento, soy una estúpida. A mí no me engañas, sé que lo amas y no será tan fácil olvidarlo —le dijo apenada.

—Llegará el día en que me despierte y ya no le recuerde… —«Supongo que cuando esté muy vieja», pensó resignada al saber que su corazón pertenecía al duque de Cambridge.

—Nos vamos a divertir —le sonrió Abby intentando poner seguridad en sus palabras, aunque muy dentro de ella lo veía poco probable. En su caso, Sterling la ponía tan ansiosa que la hacía parecer una joven nerviosa y asustadiza, odiaba ese sentimiento.

# Capítulo 16

**P**earl miraba con añoranza las puertas dobles que daban a un enorme jardín, hacía solo media hora que había llegado al prestigioso club Almacks y ya deseaba regresar a su cuarto junto a su perra Queen. Sonrió al recordar el nombre, su preciosa perra setter sería la compañera perfecta para King. Extrañaba al cariñoso perro que la había hecho su amiga en tan poco tiempo. Queen y ella se habían vuelto inseparables, era como si la perra supiese de su dolor y la necesidad de mantenerse apartada. Se le hacía cada vez más duro disimular frente a su padre y su madrina, que se mantenían todo el tiempo vigilándola.

Pearl sabía que su madrina se sentía culpable por lo que había ocurrido en el castillo de Bamburgh, la realidad era que la única culpable era ella misma al soñar con un imposible. Ahora que se sentía más tranquila podía admitir que jamás hubiese sido la pareja idónea para alguien como el duque de Cambridge, por más amor que sintiese por él, no había tenido nunca una verdadera oportunidad, todo había estado en su mente, todo había sido un sueño.

—Parece como si quisiera escapar —interrumpió un caballero a su lado.

Pearl elevó la mirada, contrariada al ver que era

demasiado alto.

—No recuerdo que nos hayan presentado, milord —respondió seria recordándole que no era bien visto hablarle a una joven dama debutante sin ser previamente presentados.

El desconocido asintió conforme ante su recordatorio, era lo que estipulaban las normas sociales, pero él había sentido la necesidad de acercarse y ver qué estaba ocurriendo con la joven.

—No ha sido mi intención incomodarla, jamás me hubiese acercado si no estuviésemos rodeados de tantas personas —le respondió sonriendo.

Pearl respondió a su sonrisa, era un hombre muy apuesto y por su ropa deducía que tenía un título nobiliario.

—Lord Lawson Battenberg, décimo duque de Newcastle. —Sus ojos azules sonrieron al ver la sorpresa en el rostro de la pequeña joven a la que había llamado su atención.

—¿Usted es el que tiene una pierna? —Pearl cerró los ojos contrariada ante su falta total de tacto. «¿Pero es que te has vuelto loca?», pensó con deseos de abofetearse.

—Una pierna de acero, sí, ese soy yo, milady —respondió mirando hacia la pierna que utilizaba el peculiar bastón, en su caso, había sido hecho en plata y oro.

—Ha sido imperdonable —respondió avergonzada.

—Hace muchos años que perdí mi pierna, ya estoy acostumbrado a las miradas curiosas —respondió estudiándola con interés—. ¿Por qué se esconde? —preguntó curioso.

—No estoy escondida…, simplemente, quiero regresar a mi casa —le confesó, había algo en aquel hombre que invitaba a sincerarse—. No deseo participar de esta temporada.

—La invitaría a caminar por el jardín, pero soy un hombre soltero, caminar junto a mí sería sin duda uno de los cotilleos más comentados mañana en los salones de té. —Lawson observó con placer el rubor en sus mejillas, era exquisita y, sin pensar mucho en lo que hacía, buscó la manera de compartir unos minutos más junto a la joven—. ¿Le gustaría tomar un refrigerio? No creo que nadie lo tome en cuenta. ¿Dónde está su carabina? —preguntó mirando a su alrededor.

—Mi madrina está sentada con sus amigas por allá. —Señaló Pearl con su mano enguantada el lado este del club—. Es la baronesa de Doncaster.

Lawson sonrió de medio lado, conocía a la baronesa, era amiga personal de su madre, de seguro estarían sentadas juntas poniéndose al día sobre los últimos acontecimientos. Hacía poco más de un año que había regresado a Londres, y se había mantenido al margen de los eventos sociales, pero le había dado curiosidad ese baile de apertura de temporada, desde que había fungido como padrino de bodas de su viejo amigo, el conde de Norfolk, no dejaba de sentirse intranquilo.

El verlo tan complacido con su vida matrimonial no hacía más que incrementar sus dudas de si había hecho lo correcto en decidir permanecer soltero y dejarle a su hermano menor la responsabilidad de dar un heredero al ducado de Newcastle.

Pearl se disponía a dar una excusa para alejarse, cuando una voz fuerte en lo alto de las escaleras donde se recibían a los invitados anunció la llegada del duque de Cambridge. El salón se quedó en silencio, mientras cientos de rostros se giraban sorprendidos para ver descender por las escalinatas la figura de un hombre a quien algunos habían dado por muerto. Pearl se aferró a la chaqueta del caballero parado a su lado, no se dio cuenta de que su mano se cerró con fuerza sobre el brazo del duque, quien descendió su mirada entrecerrando los ojos, preocupado al ver la palidez de la joven.

—Tengo que salir de aquí —susurró aterrada, con su mirada clavada en las escalinatas viendo cómo descendía el hombre que la había torturado en sueños desde que había regresado a Londres. Se le erizó la piel al ver la elegancia de sus vestiduras. «¿Por qué demonios ha regresado? ¿Es que no ha tenido suficiente?», pensó casi al borde del desmayo.

Lawson regresó la mirada al caballero que había causado un revuelo con su llegada al salón, vio cómo el duque de Cleveland se fundía en un caluroso abrazo con el recién llegado. Aunque conocía quién era Osbert Ponsoby, nunca habían sido amigos íntimos, sin embargo, sabía acerca de la tragedia familiar que había vivido el duque de Cambridge, que lo había alejado de la actividad pública, incluyendo de su silla en el Parlamento. Varios caballeros de títulos importantes se arremolinaron en torno a él, haciendo imposible que Lawson pudiese ver la expresión del este.

Se giró preocupado a mirar a la joven a su lado.

—¿Lo conoce?

Lawson supo, al observarla, que debía actuar deprisa y, sin pensar en lo que hacía, la tomó de la mano arrastrándola con él hacia la pista de baile, donde otras parejas se estaban organizando para comenzar a bailar un vals.

—Su excelencia, esto es una locura, usted no puede… —Pearl intentó detenerlo al darse cuenta de sus intenciones.

—Eso lo sabremos dentro de unos minutos, olvídese

del duque de Cambridge y ayúdeme a bailar mi primer baile desde que perdí mi pierna —le susurró ignorando las miradas de sorpresa que le dirigían al reconocerlo.

Pearl encontró su brillante mirada azul y algo dentro de ella se removió, aquel hombre, sin conocerla, le estaba intentando salvar de una situación tormentosa, porque para ella enfrentar a Osbert en aquel instante sería un verdadero martirio. Colocó su mano en la de él y asintió poniendo su confianza en el duque de Newcastle.

—No se ha escrito nada de los cobardes, milord —le dijo obligándose a sonreír.

—Entonces demostremos nuestra valía, milady —le respondió Lawson concentrándose en maniobrar su pata de acero con toda la maestría que los años y la experiencia le habían enseñado. Se fundieron ambos con la música sin darse cuenta de las miradas de admiración de muchos de los presentes.

Lawson se desplazó por la pista sin apartar la mirada de los ojos soñadores de su compañera de baile, por primera vez en su vida sintió envidia por otra persona. No había que ser muy inteligente para imaginar el verdadero motivo de la presencia del duque de Cambridge en el baile de apertura de temporada. Lawson supo que lady Pearl era el motivo, la reacción de la joven ante la presencia de Osbert era más que reveladora, al verla bailar entre sus brazos poniendo todo su empeño para que nadie notara su turbación por el inesperado invitado, le hizo admirarla aún más, un inesperado sentimiento de pesar lo inundó, deseó haber llegado un poco antes a su vida.

Osbert tuvo que recurrir a todo su autocontrol para mantenerse sereno mientras veía a Pearl bailar animadamente en los brazos del duque de Newcastle, a pesar de los años transcurridos, le había reconocido de inmediato.

—¿Osbert? —le llamó insistente Alexander, el duque de Cleveland.

—Lo siento Lex..., es abrumador —respondió intentando ocultar sus sentimientos.

—Pasemos al salón de caballeros —le sugirió Murray, el duque de Grafton, mientras intercambiaba una mirada de advertencia con Alexander. Ambos se habían dado cuenta de la mirada insistente de Osbert a la pista de baile.

Osbert asintió todavía con la mirada puesta en la pareja que había acaparado la atención de todos los presentes.

—Lawson me tiene sorprendido —admitió Alexander siguiendo la mirada de Osbert.

—Siempre fue un buen bailarín, la manera como maneja ese artilugio en su pierna es admirable —aceptó Murray—, aunque lady Exeter le es de gran ayuda, es muy buena bailarina.

—Sí, según Victoria, tiene muchas virtudes, probablemente recibirá más de una proposición de matrimonio —continuó Alexander sin sospechar que sus palabras hacían estragos en la mente ya de por sí torturada de Osbert.

—No creo que nadie le gane a Lawson si está interesado, hacen una hermosa pareja —le respondió Murray siguiendo los movimientos de los bailarines en la pista de baile.

—Necesito un trago —dijo Osbert llevándose su mano enguantada hasta el corazón intentando tomar aire.

—¿Te encuentras bien? —preguntó Alexander preocupado, todavía no podía creer que Osbert hubiese hecho acto de presencia en el baile de apertura de temporada. Las tragedias en sus vidas les habían mantenido demasiados años apartados. Pero, al contrario de él, Osbert jamás había regresado a Londres.

Osbert asintió distraído incapaz de apartar la mirada de Pearl, no podía aceptar que ella lo hubiese olvidado tan pronto. «Eres mía, ninfa», pensó aterrado de que la hubiese perdido por su estupidez.

Alexander lo urgió a moverse tocando su brazo, Osbert se vio obligado a seguirles, no era el momento ni el lugar para enfrentarse con Pearl. Él había querido ser parte de su presentación en sociedad, pero ni en sus más horribles pesadillas pensó encontrarla sonriendo en brazos de otro.

—Es usted un buen bailarín, milord —dijo Pearl mientras se dirigían al área de refrigerios.

—No lo hubiese logrado sin usted —le dijo mientras aceptaba el trago de uno de los lacayos apostados en el área de las bebidas para atender a los invitados.

—Pearl… —intervino Sterling.

—¡Gracias a Dios! Deseo irme a casa —exclamó Pearl aferrándose a su brazo.

Sterling asintió sin hacer preguntas, había visto todo desde el otro lado del salón, pero el gentío le había hecho imposible acercarse a su hermana.

—Su excelencia, el duque de Newcastle —presentó Pearl a su acompañante.

—Me sorprende verle en este club, su excelencia —saludó Sterling inclinando brevemente su cabeza.

—Hace exactamente veintitrés años estuve aquí por primera vez, sentí curiosidad —aceptó mirando con frialdad a su alrededor.

—Ha sorprendido a todos los presentes bailando con mi hermana —Sterling no pudo ocultar su admiración, el duque se había desplazado por la pista como si hubiese tenido sus dos piernas, él no había podido apartar la mirada asombrado de su habilidad para bailar con una pata de palo…, claro que, para asombro de muchos, la pierna del duque descansaba en un aditamento hecho en oro mucho más ancho en la parte superior que la pata de palo habitual.

—Su hermana ayudó bastante, es una compañera de baile honorable —alabó Lawson sonriéndole con la mirada a Pearl, que se sonrojó complacida.

—¿Nos retiramos? —Sterling buscó la mirada de su hermana, había notado su palidez.

—¿Y padre? —preguntó insegura buscando a su progenitor entre los invitados.

—Thomas se encargará de lady Alice y de padre, no creo que deseen partir tan pronto —respondió tranquilizándola.

—Yo también me retiro. —Lawson había visto todo lo que necesitaba, lo mejor sería terminar la noche leyendo un libro junto a la chimenea con una buena copa de brandi, no quería llamar más la atención, seguramente, las matronas más avezadas estarían haciendo planes para mostrarle alguna que otra joven casamentera, Lawson tenía claro que el no tener una pierna no era impedimento para contraer matrimonio.

—¿Su pierna? —preguntó Pearl preocupada al escucharle decir que se iría.

—Me siento muy bien —respondió—. Usted, milady, me ha hecho comprender que todavía estoy vivo —le dijo sonriendo con picardía.

—Ha dejado a todos sorprendidos —le dijo Sterling—, se hablará por mucho tiempo de su osadía, milord.

—Es un hombre admirable —convino Pearl

mirándole con admiración.

—Pearl, por fin te encontramos —interrumpió Abby acompañada por su amiga Viviane.

—Estás hermosa. —Le besó Viviane en ambas mejillas.

Las dos eran casi de la misma estatura, pero los rodetes que llevaba Viviane en lo alto de su cabeza la hacían más alta.

—Las estuve buscando —aceptó Pearl mirándolas, sonriendo.

—Yo también la estuve buscando, lady Rothsay —le dijo Sterling mirando con insistencia el escote pronunciado del vestido azul claro de Abby.

—Abby, Viviane, les presento a su excelencia, el duque de Newcastle. —Pearl las presentó salvando a Abby del regaño que había captado en la voz de su hermano.

Las jóvenes hicieron la genuflexión de rigor, para desconcierto de todos, el duque se acercó a Viviane mirando con asombro el collar de esmeraldas que refulgía en su delicado cuello.

—¿De dónde sacó ese collar? —preguntó acerado.

Viviane se llevó una mano enguantada al collar y supo de inmediato lo que sucedía. «¿Cómo iba a saber que él estaría en este baile?», pensó aterrada ante la fría expresión del hombre.

—Milord —intervino Sterling sin comprender qué sucedía.

Lawson apretó con fuerza la mandíbula, inclinó brevemente la cabeza y, para sorpresa de todos, se marchó sin decir nada.

Viviane lo siguió con la mirada, sus ojos grises no pudieron ocultar el dolor que le producía la reacción del duque ante la visión de su collar.

—Debo seguirle —dijo yendo tras él sin dar ninguna explicación, lo que causó la consternación de las otras dos jóvenes, que la miraban con atención.

—¿Qué ha sido todo eso? Estoy segura de que Viviane no le conoce —dijo Abby buscando la mirada de Pearl.

—Creo saber el motivo, ha sido una fatalidad que justamente se encontrara a lady Seaford en este baile —respondió Sterling—. El destino a veces juega de manera maléfica con las personas —terminó diciendo pensativo.

—¿Podría ser más claro, lord Exeter? —preguntó Abby.

—Pearl, ¿podrías esperar, que bailo un vals con lady Rothsay? —preguntó mientras le dejaba ver a Abby sus verdaderas intenciones con la mirada. La joven desvió la vista abriendo su abanico, echando aire ante el calor que le provocaba la insinuante mirada de Sterling.

Pearl asintió distraída mientras su hermano avanzaba con Abby hacia la pista, su mirada siguió el rastro de Viviane y decidió ir en su búsqueda. Le había preocupado la manera en que el duque había mirado a su amiga, había visto furia contenida en esos ojos, todo lo contrario a lo que habían vivido minutos antes de ella aparecer, cuando había sido tan galante y carismático.

Viviane no pensó en lo que hacía, su instinto solo la arrastraba a seguir al hombre frente a ella, tuvieron que sortear a varios grupos antes de llegar a la salida. Se mantuvo apartada detrás de una columna mientras veía cómo un lacayo le entregaba el abrigo y el sombrero de copa, al verlo salir, no lo pensó, le siguió a las afueras del club sin preocuparse por no estar debidamente abrigada, era su única oportunidad para poder hablarle, sus caminos no se volverían a cruzar, jamás pensó que lo tendría frente a ella. Alguna vez no creía en el destino, pero por primera vez se preguntó si no estaría errada en no creer en él. Lo vio dirigirse por la acera a su imponente carruaje, lo supo por el escudo del ducado de Newcastle, no había nada que Viviane no supiese de Lawson Battenberg.

—Deténgase, su gracia —le gritó intentando llamar su atención antes de que se acercara al carruaje y ya no pudiesen estar a solas.

Lawson se detuvo al escuchar el llamado, apretó la mandíbula negándose a girarse para enfrentar a la joven. «Es su viva imagen», pensó con amargura.

—Por favor, milord —le suplicó a sus espaldas, — sé toda la historia y jamás me hubiese puesto el collar si hubiese sabido que usted estaría aquí. —Viviane intentó que su voz no se quebrara en un sollozo.

—¿Por qué lleva el collar? —preguntó sin girarse.

Viviane miró su ancha espalda con tristeza, el duque de Newcastle todavía amaba a su fallecida hermana mayor. No entendía cómo podía seguir amándola cuando ella había sido la causante de la pérdida de su pierna. No solo lo había traicionado, sino que además se regodeó de ello frente a toda la aristocracia.

—Heredé todas sus joyas…, todos sus obsequios…, y los de los demás caballeros están en el cofre, son joyas muy valiosas, mi madre me las entregó a escondidas de mi padre antes de morir —respondió Viviane nerviosa—. Las joyas que usted le regaló estaban en un compartimiento separadas de las demás… Clarissa las marcó con su nombre, milord.

Lawson se giró, sus miradas se encontraron, la

estudió en silencio con más detenimiento. En la sorpresa inicial, la había encontrado muy parecida a su hermana, pero ahora, mirándola con más atención, tenía el mismo cabello rojizo de su antigua prometida, pero hasta allí era el parecido, los ojos grises de la joven eran enormes y de una mirada dulce, la piel era mucho más blanca e inmaculada.

—Si usted me lo permite, estoy dispuesta a ser su sumisa, señor…, de esa manera pagaré lo que hizo mi hermana. —Viviane dio un paso al frente.

Las palabras de la joven le hicieron salir del aturdimiento en el que se encontraba desde que vio el collar en su cuello. ¿Cómo sabía una joven debutante sobre la sumisión? No podía tener más de dieciocho años, su rostro todavía conservaba ese aire de inocencia que tienen las adolescentes.

—¿Cómo…? —Lawson se ajustó el largo abrigo mirando precavido a su alrededor, la acera estaba solitaria y, aunque sabía que su cochero estaba pendiente de lo que sucedía, no estaba armado, como era su costumbre.

—Clarissa dejó un diario donde detallaba todo lo que usted le enseñaba, milord… —le dijo nerviosa Viviane.

Nadie conocía la existencia de ese diario, salvo ella. Lo había encontrado por casualidad buscando en un aparador que había heredado de su hermana. Su asombro había sido enorme al encontrar el grueso cuaderno escondido entre un piso falso de una de las gavetas.

Tenía dieciséis años cuando lo comenzó a leer y quedó horrorizada al conocer la verdadera personalidad de su hermana mayor y todo lo que había hecho antes del fatídico accidente en carruaje que le arrebató la vida y dejó al duque de Newcastle sin una de sus piernas.

Lawson caminó hacia ella amenazante, se detuvo a escasos pasos, Viviane se tensó ante su cercanía, jamás había tenido a un hombre tan cerca.

—Quiero ese diario. —Su voz ronca y profunda le erizó todos los vellos de la piel.

—No debe leerlo, milord…, hay cosas que es mejor dejar en el pasado. —Viviane tembló de frío.

—¡Quiero ese diario! —volvió a exigir con una furia contenida que le hizo a Viviane dar un paso atrás.

—Solo si acepta mi proposición, entregaré el diario —se aventuró a hacer un trato, si había sido cosa del destino que ella estuviera allí esa noche, no lo iba a desaprovechar.

—Regrese al baile y disfrute de la temporada. Usted no tiene idea de lo que me está proponiendo, milady —le respondió mirándola con intensidad.

—¿No me cree capaz? —insistió.

—La sumisión no se impone ni se enseña, es parte de su alma. Es la entrega voluntaria de su ser a otra persona para dejarlo a su cuidado —respondió sereno.

—Sé muy bien a qué se refiere, milord…, y mi hermana no le entregó ni su alma ni su cuerpo, ni lo que es más importante: su lealtad; no lo respetó como su señor. —Viviane supo al instante que había hablado demasiado, pudo ver el desconcierto en sus ojos ante sus duras palabras.

—¿Cuántos años tenías cuando todo ocurrió?

—Dos años…, pero tuve que vivir con la carga de la amargura de mis padres, Clarissa los dejó en medio de un escándalo, toda la aristocracia tomó partido por usted, milord —respondió alterada.

—Clarissa era un demonio disfrazado de mujer —dijo con frialdad.

Ella asintió, incapaz de pronunciar palabra, el

magnetismo de su mirada era embriagador.

—Regresa al salón de baile, allí están los caballeros que están en busca de matrimonio.

—Nadie se querrá casar conmigo, milord, mi padre está arruinado, no tengo dote, tal vez lo que le ofrezco sea mi salvación. Pondré todo mi empeño en ser la mejor de las sumisas y, cuando usted ya no desee ser mi señor, rogaré que sea piadoso, de manera que pueda vivir fuera de Londres en una hermosa casita donde pueda dedicarme al jardín, me encantan las flores —respondió resuelta intentando que él la comprendiera.

—¿Por qué te estás humillando de esta manera?

—Porque mi tía me venderá al mejor postor, ella pertenece a su mundo, milord, y ya me ha insinuado entregarme a un amo —le confesó resignada.

Lawson siseó intentando controlar su temperamento, había sido precisamente la tía de Clarissa la que había alcahueteado las fechorías de su exprometida. Y, ahora, veintitrés años después, al parecer, seguía cometiendo las mismas atrocidades.

—Su padre…

—Está a punto de perderlo todo, si estoy aquí esta noche, es precisamente porque ella está buscando candidatos… Se lo suplico, milord, no seré un problema para usted, al contrario de mi hermana, yo le daré mi lealtad y le juro que pondré mi cuerpo y mi alma en sus manos. Sé que puedo lograr, bajo su mandato, ser esa sumisa —respondió resuelta intentando llegar hasta él.

Los ojos azules de Lawson brillaron ante el reto que ella le proponía, era una belleza con un temperamento fuerte, decidido, estaba consciente de lo poco abrigada que estaba la joven, varias veces había estado tentado de quitarse el abrigo y rodearla con él. Pero la curiosidad de ver hasta dónde estaba dispuesta a llegar lo había detenido.

Se acercó más y su mirada descansó en sus labios rosados. Siguiendo un impulso, se inclinó acariciando su mejilla con sus labios, sintió el temblor de su cuerpo, y una satisfacción primaria le recorrió el cuerpo.

—Como dominante soy implacable —susurró ronco contra su oído—, exigiré su total sumisión y entrega —continuó mientras su boca descendía por su cuello—, me pertenecerás por entero.

Viviane se aferró a su abrigo sintiendo que caería de rodillas a sus pies ante las fuertes sensaciones hasta ahora desconocidas para ella. Su cuerpo se estremeció de placer.

—¿Alguna vez te han besado? —continuó implacable, abrazándola por la cintura, acercándola más a su pecho.

—No, señor…, usted es el primero que pone sus labios sobre mi piel —logró contestar respirando con dificultad.

La mano de Lawson la atrajo más a su cuerpo dándole calor, su rostro se enterró en su cuello y lo mordió con lujuria haciéndola gritar de éxtasis.

—Milord —suplicó entre sus brazos.

Él se separó con lentitud, sonrió de medio lado al ver lo aturdida que estaba con tan solo una caricia de sus labios.

—¿Está segura de lo que desea? Despúes que firme el contrato de mi parte, no habrá vuelta atrás —le advirtió.

Viviane tardó unos segundos en comprender sus palabras, pero cuando pudo entenderlas su mirada se fundió con la suya antes de dar el salto decisivo a lo desconocido.

—Sí, señor, estoy segura de que deseo ser su sumisa… hasta que usted lo decida —respondió decidida.

—Mañana enviaré por su tía, ella sabe muy bien lo

que un dominante espera en la entrega de una sumisa. Se hará todo conforme a las leyes impuestas por el Consejo de Dominantes.

Viviane asintió, incapaz de decir nada más.

—No quiero que vuelva a usar nada en su cuerpo a menos que sea yo el que lo coloque —dijo mostrándole el collar de esmeraldas que tenía en su mano.

Viviane se llevó la mano al cuello sorprendida de no haberse dado cuenta de que se lo había quitado.

—Sí, señor —respondió decida a lograr ser esa mujer que él necesitaba.

Lawson asintió.

—Regresa al club, quiero ver que entras sana y salva —le dijo guardando el collar en el bolsillo de su abrigo.

Ella asintió sonriendo por primera vez.

—¿Es un pacto? —preguntó con la necesidad de estar segura de sus palabras.

—Es más que un pacto, mi palabra de dominante es sagrada, está por encima de mi título como duque de Newcastle —respondió serio.

Viviane se giró regresando deprisa por la acera, había sido un milagro que nadie los hubiese interrumpido, estuvo tentada de mirar hacia atrás, sentía su mirada clavada en su espalda, pero rehusó caer en la tentación, había ganado mucho más de lo esperado, una gran sonrisa se dibujó en sus labios.

«Te arrancaré de su recuerdo, te borraré para siempre de su vida, te olvidará, hermana, yo me encargaré de ello», se juró entrando al club en busca de su tía, tenía como amo a uno de los integrantes del Consejo de Dominantes, su tía no se atrevería a contradecirlos. Por ahora estaba a salvo, ya recogería los pedazos de su alma cuando la desechara y ya no la quisiera. «¿Por qué no intentas que te ame? Tendrás mucho tiempo a su lado, nada pierdes con intentarlo», sus pensamientos la hicieron detenerse, se había acercado al duque de Newcastle para ofrecerse como sumisa, pero al estar entre sus brazos eso había cambiado. Viviane se quedó de pie mirando la nada al darse cuenta de que había amado a Lawson Battenberg desde su adolescencia, y lo había conocido a través del diario de su infame hermana Clarissa.

# Capítulo 17

**P**earl se detuvo mirando con insistencia a ambos lados del salón, se le había perdido Viviane y no lograba divisarla por ningún lado. El club Almacks poseía muchos salones que conectaban unos con otros, así que se hacía muy difícil seguir a alguien entre todos los invitados. Vio a lo lejos a su madrina y frunció el ceño, ella pertenecía al comité de patronas que dictamina todo lo que allí ocurría y, por lo que podía ver, estaba rodeada por otras miembros del comité. Decidió escabullirse al jardín hasta que Sterling terminara de bailar con Abby, seguro encontraría cualquier excusa para llevarse a su amiga a algún lugar apartado donde pudiese robarle un beso.

Suspiró mientras caminaba alejándose un poco de las parejas que platicaban animadamente junto a la hermosa fuente que estaba situada en el medio del jardín del elegante club. Pearl no dejó de sentir cierta tristeza al escuchar sus risas, ella no tenía ningún motivo para sonreír, y ahora mucho menos, todavía no podía creer que Osbert estuviese en Londres, indudablemente vino a buscar a esa duquesa de la que él habló en la cena, una mujer muy distinta a ella. Se frotó los brazos al sentir un poco de frío, había bajado un poco la temperatura, pero ni eso la animaba a regresar y a enfrentarse con

Osbert en el salón, no se sentía preparada para eso. Se recostó en un un árbol que le daba cierta privacidad, solo deseaba descansar unos minutos antes de ir tras Sterling.

—Pearl. —Osbert se acercó inseguro, no quería estropear más las cosas, pero, al verla bailar con Lawson, se había disparado dentro de él un sentimiento hasta ahora desconocido, los celos lo estaban carcomiendo, nunca había sido violento, pero estuvo a punto de perder el control.

Ella no se movió, se rehusaba a creer que el duque de Cambridge tuviese la osadía de dirigirle la palabra. Cerró los ojos con fuerza, «debo estar imaginando cosas», pensó con el corazón desbocado ante el llamado.

—Pearl… —insistió deteniéndose a unos pasos de su espalda.

Pearl se incorporó, pero se negó a girarse, se mordió el labio al sentir su fragancia, ese olor la había perseguido desde su regreso.

—Sé que me estás escuchando…, ninfa. —Osbert la había visto salir y no pudo desaprovechar la oportunidad de tenerla a solas, aunque fuesen solo unos minutos.

Se giró incrédula, su mirada se clavó en el pecho de quien la había despreciado. Maldijo el que a pesar de sus cicatrices se viera tan arrebatador con su traje negro impoluto y el estúpido lazo hecho con toda la perfección del mundo. Maldijo a su ayudante de cámara por ser tan eficiente, no había nada fuera de lugar, todo era perfección, y eso solo azuzó su rabia y su despecho; se irguió derecha rogando porque sus rebeldes rizos cobrizos estuviesen en su lugar.

—¿Cómo se atreve? —preguntó elevando la mirada, casi escupiendo las palabras.

—Ninfa…

—¡Cállese! —respondió con rabia—. No vuelva a tutearme —le increpó, en ese momento solo quería herirlo, golpearlo de la misma manera que él lo había hecho, su vena vengativa, esa que sus hermanos evitaban, estaba emergiendo de su interior y quería revancha.

—Yo…

—Usted, milord, regresará al salón y buscará a esa duquesa de la que me habló. —Con su dedo índice lo golpeó en el pecho mientras se desahogaba—. Allí adentro está esa mujer digna que llevará el título, como yo jamás lo haré.

—Por favor. —Osbert extendió su mano y capturó la de ella entre la suya, pero ni eso la aplacó.

—¿Por favor? —repitió la pregunta riendo con cinismo. «Cómo se atreve?», se preguntó sintiendo el cuerpo arder de coraje ante su descaro.

—Yo no quise —intentó explicar, pero al ver su expresión supo que las palabras no valdrían, la joven dulce que él había tenido entre sus brazos había desaparecido, en su lugar estaba una que quería su cabeza y no podía culparla, tenía todo el derecho de estar enojada.

—Usted no tiene idea de lo que sus palabras significaron para mí. No deseo volver a verlo en toda mi vida. Reniego de lo que me hizo sentir. Repudio todo lo que anhelé, jamás olvidaré sus palabras, están grabadas a fuego en mi alma, milord. Usted no sabe lo que es amar y yo merezco un hombre que me ame —respondió soltándose de su agarre, pasando por su lado sin permitirle decir nada más.

Osbert se giró angustiado, la siguió con la mirada sintiendo que caía en un pozo profundo y oscuro, la había lastimado más de lo que él suponía, había sentido el dolor en sus palabras, se maldijo por su estupidez; para ella, el verlo en Londres, no sería suficiente, tendría que ingeniárselas de todas las maneras posibles para lograr su perdón.

—Debía suponer que tenía que ser una dama la razón para que el duque de Cambridge regresara de entre los muertos —dijo Antonella a sus espaldas.

Osbert se giró y sonrió con afecto al ver a la madre de Andrés, ella había sido cómplice de muchas de sus fechorías de juventud. Se acercó y la besó con cariño en ambas mejillas.

—Nunca pudimos ocultarte nada —respondió sonriéndole.

—¿Qué le hiciste? —preguntó Antonella mirando por donde se había ido Pearl minutos antes.

—Mentirle y herirla innecesariamente —respondió con un tono de tristeza que no le pasó desapercibido a Antonella.

—¿Necesitas ayuda?

—No, esto tengo que hacerlo solo —respondió obligándose a sonreír, no quería añadir más problemas entre Pearl y él.

—¿Te quedarás? —preguntó mirándolo esperanzada.

—Si consigo que me acepte, tendré que regresar, sería una crueldad mantenerla aislada en el castillo de Bamburgh.

—Es muy joven —asintió Antonella dándole la razón.

—Sí…, demasiado.

Antonella sonrió ante su afirmación, ella misma estaba sorprendida por la elección de Osbert, lady Exeter no había estado entre sus candidatas para el duque de Cambridge, pero la glotona de Alice se le había adelantado, tenía que darle mérito a la quisquillosa mujer, unir a su ahijada con su único sobrino era una jugada magistral. De todas maneras, el fin era que todos regresaran a Londres y ella lo había logrado, lo que era algo que tanto al rey como a ella les convenía. Estaba muy envuelta en solucionar el problema de las bastardas procreadas por sus amigas, solucionar ese pequeño inconveniente le tomaría más tiempo del que había supuesto.

—Osbert, ¿has visto a mi hijo? —preguntó con la ilusión de saber alguna noticia de Andrés.

—Caminemos, no deseo que nos escuchen —respondió tomando su brazo para seguir el sendero que los regresaría al club.

—Dime que está bien —susurró mirándolo preocupada.

—Estuvo en noviembre en el castillo..., regresa a Londres —le susurró mirando a su alrededor, evitando los grupos de parejas en busca de privacidad.

Antonella se detuvo obligándolo a mirarla, se aferró a su mano buscando la verdad en su mirada.

—¿No mientes? —preguntó con una angustia que entristeció a Osbert, su amigo siempre había sido el talón de Aquiles de la duquesa de Wessex.

—Evans quiere su presencia aquí en Londres..., parece quiere enfrentarle, y bien sabes lo que eso significa —respondió tenso.

—Tal vez sea mejor que sepa de una vez la verdad, han sido todos muy injustos con mi hijo, si no fuera porque le juré que me mantendría al margen, ya hubiese arrasado con todos —respondió vengativa.

—Va a necesitar de tu mente fría —le advirtió.

—¿Qué quieres decir? —preguntó intrigada.

—Te creen responsable por los inesperados matrimonios ocurridos en los últimos meses.

—Y lo soy, Osbert, a ti no tengo por qué ocultártelo...

El exilio de la mayoría de tu generación nos está ocasionando la pérdida de herederos legítimos, al rey no le hace gracia que los títulos vayan a manos de familiares lejanos que muchas veces nada tienen de aristócratas. Tú eres un ejemplo. ¿Sabes quién heredaría tu título? —le preguntó Antonella sabiendo cuál sería la respuesta.

—No tengo idea…

—Precisamente, es lo que el monarca quiere evitar —le dijo contrariada—. ¿Andrés sabe de los matrimonios?

—Lo sabe y, para mi desconcierto, está dispuesto a entrar en el juego, sus palabras textuales fueron que te dejaría escoger a su futura esposa y se presentaría al matrimonio sin conocerla —respondió evitando sonreír ante el placer que le ocasionaban sus palabras a la madre de su mejor amigo.

Antonella sonrió con malicia, sus ojos se entrecerraron, y Osbert no tuvo más que sonreír al saber exactamente lo que estaba planeando la mujer.

—Kathleen… —susurró suspicaz mirando a su alrededor.

—Evans no te lo permitirá. —Osbert negó con la cabeza.

—Eso lo veremos, ese ha sido el amor de mi hijo y créeme, Osbert, ella será la que estará debajo de todo ese velo de tul que pondré sobre su cabeza. Mi hijo tendrá lo que siempre ha deseado —dictaminó tensando la mandíbula ante el reto que se le avecinaba.

Tendría que moverse con sigilo para sacar a Kathleen del convento donde se había enclaustrado desde hacía años, ella misma había comprado el silencio de la madre superiora al negarse a permitir que la joven tomara los votos finales, Antonella suspiró aliviada, había hecho lo correcto en no permitir tal atrocidad. Kathleen tenía un linaje impecable y ella haría todo lo que hiciera falta para que estuviese de pie en el altar esperando por su hijo.

—Debo advertirte que Andrés piensa que Kathleen está casada, nunca lo he sacado del error.

—Mantendremos ese error…, él no se atreverá a hacerle un desplante frente al altar, conozco muy bien a mi hijo —respondió palmeando su brazo mientras caminaban.

—Espero que tengas razón, me consta que se amaron desde siempre —aceptó Osbert—. Si me lo permites, me gustaría ser el padrino, quiero estar a su lado cuando levante ese velo —sugirió jocoso.

—Nadie merece más ese lugar que tú, siempre creíste en mi hijo, al contrario de Evans, que no pudo ver más allá de su orgullo de macho herido.

—Creo que Evans en su interior sabe que Andrés nunca lo hubiese traicionado —dijo Osbert convencido.

—Andrés se fue enojado, amargado, ustedes fueron los hermanos que no tuvo. A pesar de lo que puedas pensar, desearía que todo volviese a ser igual entre ellos —respondió dejándole ver su tristeza.

—Tienes mucho por hacer.

—¿Estás seguro de que no necesitas ayuda con lady Exeter?

—Deja ese asunto en mis manos y te prometo tres o cuatro herederos —respondió llevándose la mano de Antonella a los labios.

«Nunca está de más una pequeña ayuda», pensó sonriéndole con dulzura.

Pearl sentía unas inmensas ganas de llorar, pero esta vez era de rabia, no podía creer tal desfachatez luego de haberla tratado con tanta crueldad. Si no hubiese sido porque estaban rodeados de tanta gente, lo hubiese golpeado por ser tan cínico.

—¿Pero a dónde vas? —preguntó Viviane sujetándola por los hombros ante la colisión que habían sufrido.

—Te estaba buscando —le contestó Pearl intentando calmarse, no deseaba hablar de lo que había sucedido entre ella y el duque de Cambridge.

Pasó su brazo por el de Viviane arrastrándola lejos de los grupos de conocidos, se levantó de puntillas intentando ver la pista, pero, como había predicho, su hermano no se veía por ningún lado, probablemente, estuviera con Abby en algún lugar apartado. Su amiga no tenía ninguna oportunidad con su hermano mayor, terminaría casada con él, y ella, siendo la tía de por lo menos seis niños gritones.

—¿A dónde me llevas? —preguntó Viviane sonriendo mientras la seguía, Pearl no estaría tranquila hasta averiguar qué había estado hablando con el duque de Newcastle.

Se las ingeniaron para esconderse entre dos gruesas columnas que las mantenían lejos de las miradas indiscretas.

—¿De dónde conoces al duque de Newcastle? —preguntó sin preámbulo.

—No le conocía —respondió alargando su mano enguantada, arreglando uno de los tirabuzones de Pearl que se había soltado del complejo rodete sobre la cabeza.

—¿Entonces? —preguntó muerta de la curiosidad.

—Fue el prometido de mi hermana Clarissa.

—Pero ella murió hace muchos años —contestó sorprendida.

—Él fue quien intentó que Clarissa no se escapara

con su amante. En la carrera, ambos carruajes se accidentaron y cayeron por un barranco…, mi hermana murió en el acto con el otro caballero, en cambio, el duque estuvo horas gritando de dolor hasta que lo encontraron; a causa de ello perdió la pierna.

—Es horrible lo que me cuentas. —Pearl negaba con la cabeza, horrorizada con lo que su amiga le relataba.

—Mi madre en su lecho de enferma me contó toda la historia… Ella se culpaba por haber permitido que el duque se comprometiera con Clarissa, aparentemente, ella tenía varios amantes y mi madre lo sabía —le confesó avergonzada.

—Lo que hizo tu hermana nada tiene que ver contigo —le dijo abrazándola. —¿Pudiste hablar con él? ¿Dónde está el collar? —preguntó señalando su cuello.

—Todo va a estar bien, mejor vayamos a buscar a Abby. Tu hermano no es de fiar, Pearl —le dijo poniendo los ojos en blanco.

—Lo sé —respondió sonriendo apenada.

Sterling era un crápula.

# Capítulo 18

**P**earl miraba distraída los movimientos del jardinero a través de la ventana de su salón privado. Había bajado de su dormitorio casi al alba, incapaz de mantenerse en la cama, no había podido dormir, la mirada angustiada de Osbert ante sus palabras la mantenían en vilo. Su mano acarició el pelaje de Queen, sentada a su lado, para su sorpresa, la perra se había negado a ir afuera con la doncella a su recorrido matutino por el jardín.

Pearl descendió la mirada y sonrió con tristeza, los perros podían ser muy intuitivos y su nueva amiga parecía intuir su intranquilidad, se había mantenido a su lado toda la mañana. En ese momento hubiese dado cualquier cosa por tener a su madre viva, tal vez ella hubiese podido señalarle el camino correcto por seguir. No sabía cómo explicar esa sensación de oscuridad que sentía en su alma, era como si Osbert con su rechazo se hubiese llevado con él todos los colores del arcoíris, que siempre habían brillado en su interior. Se sentía deprimida, angustiada y odiaba esos sentimientos grises, que jamás había sentido con anterioridad.

—Gracias —le dijo rascando su oreja.

—*No puedo dejarte sola, indefectiblemente saldrías a la calle y te tirarías bajo las ruedas de un carruaje* —le ladró temperamental haciendo que Pearl sonriera por primera vez en toda la mañana.

—Tengo el presentimiento de que me estás regañando —respondió besándola en la cabeza—, no te preocupes, este sentimiento va a desaparecer —dijo decidida.

*«Los humanos son muy ilusos»*, pensó Queen lamiendo la cara de su ama, haciéndola reír a carcajadas.

—Milady, su padre requiere su presencia en la biblioteca. —Irrumpió una doncella en la estancia, la joven esperó por su contestación mientras miraba sonriente los arrumacos que le hacía la señorita a su perra.

Pearl levantó la vista y entrecerró la mirada, extrañada.

—¿Padre?

—Sí, milady, debe ir de inmediato —respondió estirando la mano para acariciar la cabeza de Queen.

Toda la servidumbre había quedado impresionada con el cambio de la setter, su pelaje negro brillaba haciéndola lucir hermosa.

—Está bien, dígale que iré enseguida.

Al verla salir, entrecerró la mirada, pensativa.

—Qué extraño…, padre jamás me llama a la biblioteca. Siempre viene hasta aquí para hablar conmigo —dijo en voz alta para sí misma—. Espérame aquí, Queen, iremos a pasear por el jardín cuando regrese.

—*Ve tranquila, preciosa, aquí te espero* —le ladró la juguetona perra satisfecha de que por lo menos la había hecho reír, había estado muy preocupada al verla llorar sin consuelo durante toda la noche.

Se levantó de su asiento y se alisó su vestido de mañana floreado en tonos violáceos y verde, miró el reloj que descansaba en la pared de su saloncito, se sorprendió de que todavía no era la hora de comer, hubiese jurado que era más tarde. Mientras se dirigía a la puerta, se recriminó haber pasado toda la mañana pensando en Osbert y su presencia en el baile de apertura. Caminando por el pasillo con un fuerte olor a lavanda, suspiró al recordar lo elegante que se veía. Aun rodeado de nobles, su altura y la manera cómo se movía le distinguían de los demás. Resopló exasperada con sus pensamientos, «soy una tonta», pensó antes de tocar la puerta de roble de la biblioteca.

—Adelante —ordenó su padre.

Pearl abrió la puerta y, sin poner atención a los presentes, la cerró. Cuando se giró se quedó atónita al ver a la última persona que habría esperado encontrar junto a su padre. Su mirada recorrió la estancia y se encontró con las de sus tres hermanos; inmediatamente, supo que estaba en problemas, la presencia de ellos junto a Osbert y su padre no presagiaba nada bueno.

—¿Padre? —preguntó buscando su mirada, rehusándose a seguir las normas sociales y saludar al duque de Cambridge. «Te quedarás esperando que agache la cabeza, prefiero el castigo de padre», pensó levantando el mentón con altivez.

—Siéntate, Pearl…, quiero comunicarte una decisión que he tomado. —El conde de Exeter se inclinó hacia el frente poniendo sus codos sobre el escritorio.

Pearl le sostuvo la mirada, un frío le recorrió la espalda al ver el rostro serio de su progenitor.

—Prefiero mantenerme de pie —respondió con rebeldía.

—Pearl… —le advirtió Sterling sentado con las piernas cruzadas en una butaca al lado de la chimenea.

—No te metas, Sterling —respondió con sequedad

sin girarse.

—¡Pearl! —le recriminó su padre.

—Le escucho —respondió negándose a obedecer, al contrario, dio dos pasos más al frente acercándose al escritorio donde su padre estaba sentado.

El conde vaciló, buscó ayuda en sus hijos, pero los tres prefirieron callar. tenían el presentimiento de que no saldrían bien librados.

—He decidido aceptar la propuesta matrimonial del duque de Cambridge, el cortejo comenzará de inmediato, el matrimonio será al final de la temporada, para que puedas disfrutar junto a las demás debutantes de todas las actividades que son de rigor —le anunció.

Howard se pasó un pañuelo por la frente, odiaba lo que estaba haciendo, pero había estado muy preocupado por su hija desde su regreso, había sido testigo de su dejadez y su tristeza. La conocía muy bien y no iba a permitir que su testarudez e inexperiencia le robaran su felicidad.

Él tenía claro que su hija amaba al duque de Cambridge; en cuanto al hombre de pie a su lado, aunque no le había dicho claramente que amaba a su hija, una persona de su posición no estaría dispuesta a pasar por tal situación para casarse. Pearl tenía el carácter de su difunta esposa, amorosa, leal... pero vengativa, él lo había vivido en carne propia.

Pearl no apartó la mirada, todo su cuerpo se tensó ante el anuncio de su futuro matrimonio.

—¿Yo no tengo nada que decir? —le preguntó con frialdad.

—No, como tu padre tengo todo el derecho de dictaminar quién se casará contigo —respondió incómodo—, es un matrimonio ventajoso, en el que el duque de Cambridge no solo te dará su protección, sino que gozarás de una posición social envidiable, ningún padre responsable se negaría. Es definitivo, te casarás con su excelencia —concluyó Howard haciendo un gran esfuerzo para mantenerse firme ante su hija.

Pearl tensó la mandíbula girándose a mirar a sus tres hermanos, que cobardemente rehusaron responderle la mirada. «Cobardes», pensó antes de regresar su atención a su padre.

—¿Me entregan a un hombre que me despreció? ¿Qué me comparó con un ratón? —preguntó con una calma que les crispó los nervios a todos.

Thomas hizo un gesto para levantarse, pero Marcus, el menor de los tres, se lo impidió.

—Pearl. —Osbert dio un paso hacia ella.

—¡Usted se calla! —respondió mirándolo con rencor.

—¡No puedes hablarle así! —la regañó su padre levantándose de la silla.

—¡Claro que puedo! Le estoy hablando de la misma manera que él me habló a mí —le increpó ya sin importarle las consecuencias, se sentía traicionada, jamás hubiese esperado ese trato de las personas que se suponía debían protegerla.

—¿Cómo pueden ser capaces de entregarme en sus manos de manera tan fría? —les recriminó.

—Pearl. —Thomas se levantó y se acercó ignorando a su hermano.

Pearl dio un paso hacia atrás, su mirada fue a cada uno de sus hermanos.

—Ahora el duque de Cambridge quiere a un ratón como futura duquesa. —Pearl se dirigió a Osbert, que estaba de pie al lado del escritorio de su padre—. ¿Ahora sí soy suficientemente digna para ser su duquesa? —Miró hacia arriba y encontró sus ojos.

—Hija. —La voz de su padre en tono de advertencia

le hizo morderse la lengua.

—Que así sea —le respondió con desapego antes de salir de la estancia dejándolos a todos consternados.

—¿Qué demonios le hizo? Nunca había visto a mi hermana tan furiosa —preguntó Thomas acercándose a Osbert.

—Solo deseaba protegerla, pensé que era una crueldad atarla a mí y mantenerla apartada de Londres —respondió Osbert todavía mirando con desazón la puerta por donde había salido su futura esposa, porque así dejara el alma en ello, la cortejaría como ella se lo merecía.

—Tendrá que enfocar el cortejo de otra manera —intervino Marcus.

—¿Qué quiere decir? —preguntó Osbert interesado en cualquier cosa que pudiese ayudarlo a convencer a su ninfa.

—Creo que ha Pearl se le ha metido en la cabeza que no está a la altura para ser la futura duquesa de Cambridge —le respondió Marcus.

—Todo por mi culpa —aceptó Osbert.

—Tendrá que demostrarle que ella sí es merecedora de dicho título. —Marcus se levantó pasándose una mano por su largo cabello cobrizo.

—¿Cómo? —interrumpió Thomas visiblemente preocupado.

—Lo primero es enviar el anuncio del compromiso al The Morning Post para que todos estén enterados del próximo enlace. Luego se paseará con ella por los eventos donde mi hermana tenga que fungir obligadamente como la futura duquesa de Cambridge, de esa manera ella misma sin ninguna presión nuestra tomará conciencia de su valía.

—Eres brillante, Marcus —aceptó el conde

palmeándole el hombro.

—Eso no bastará…, tendremos que permitir que su excelencia y nuestra hermana se vean a solas sin testigos —interrumpió Sterling.

—Eso no es honorable —respondió el conde recriminándole.

—Sterling tiene razón, padre, el duque necesita hablar a solas con Pearl, convencerla de su error y eso no podrá hacerlo en los salones de baile. Tendremos que darles espacio —aceptó Marcus yendo hacia el aparador de las bebidas.

—No lo permitiré hasta tener el contrato matrimonial firmado —argumentó el conde mirándolos, decidido.

—Mañana estaré aquí con mi abogado a primera hora —le aseguró Osbert.

—Hasta que nuestras firmas no estén en esos papeles usted no verá a solas a mi hija —repitió Howard mirándolos con suspicacia.

—¿Usted cree que Pearl cederá? —le preguntó Thomas a su padre, visiblemente preocupado.

—Pearl casi no ha comido desde que regresó del castillo de Bamburgh. Tu hermana es igual a su madre, yo debía dormir con un ojo abierto cuando se enfadaba, me tomaba mi tiempo hacerme perdonar —le respondió a Thomas.

Howard volvió su atención a Osbert, preocupado por el enfrentamiento con su hija.

—Le estoy confiando mi más grande tesoro, amo a mi hija, milord, y deseo verla feliz, mi intuición me dice que ella lo ama, solo por eso estoy accediendo a su petición. —Osbert sintió la advertencia en las palabras de su futuro suegro, y no pudo más que respetarle al querer para su única hija un matrimonio cimentado en el amor y no en la conveniencia, como lo eran la mayoría de los matrimonios dentro de la aristocracia.

—No lo defraudaré, milord, haré todo lo que esté en mis manos por hacerla feliz —prometió.

—No me basta, milord, necesito saber sus sentimientos hacia Pearl —respondió con dudas.

Osbert se tensó ante la mirada de los cuatro hombres, una cosa era que él aceptara sus sentimientos y otra muy distinta era que lo tuviese que gritar a los cuatro vientos, se sentía acorralado.

—Su hija es mi vida, milord —respondió incómodo.

—Déjelo en paz, padre, yo tampoco admitiría mis debilidades frente a cuatro desconocidos, así fuesen mi futura familia política —dijo Sterling parándose al lado de Osbert, intercambiando miradas de comprensión.

—Brindemos —propuso Marcus disfrutando de la incomodidad de su futuro cuñado. «La pecosa ha cazado a un duque», pensó divertido.

A Marcus, al ser el más joven de los varones, le había tocado la tarea de estar más cerca de su hermana, la conocía bien, su cabeza estaba llena de sueños y cuentos de hadas. La vida real era otra cosa, Pearl debía entender que su príncipe no era perfecto y que no lo sería nunca, tomaría un poco de tiempo hacerla reaccionar, el duque le había golpeado en su orgullo, había tocado un punto sensible, su hermana no se sentía a la altura de ser la duquesa de Cambridge y, como era evidente, su futuro cuñado se lo había dejado claro de muy mala manera.

Pearl entró en su cuarto temblando de pies a cabeza, todavía no podía comprender la actitud de su padre y sus hermanos. El duque de Cambridge no la amaba y su padre siempre le había prometido que se desposaría con el hombre que la amara. Sintió a Queen a su lado acariciándola con la cabeza.

—Me han traicionado, amiga —le dijo al borde de las lágrimas.

—*Por eso mismo no quiero saber de perros* —le ladró—, *son todos iguales, solo quieren olisquear mi trasero sin ni siquiera presentarse* —bramó indignada.

Pearl se subió a la cama y se recostó en los cojines, se sentía perdida, hubiese dado cualquier cosa por esa petición de mano y ahora solo le dejaba un sabor amargo en la boca. No entendía qué pasaba, Osbert había sido muy duro con ella, le parecía un mal chiste que se presentara en su casa a pedir su mano en matrimonio. Queen se subió a su lado sintiendo la desazón de su joven ama.

Osbert salió de la biblioteca con paso vacilante, por primera vez en su vida sentía dudas de lo que estaba haciendo. No deseaba herirla más, había dado por hecho que ella sentía algo más que simple atracción por él, pero estaba comenzando a tener dudas. Llegó hasta el pie de la escalera que conducía al segundo piso de la mansión y tuvo deseos de ir tras ella, necesitaba estar a solas…, tocarla, sentirla, aunque solo fuese unos segundos.

—No creo que sea buena idea —le dijo Sterling deteniéndose a su espalda.

—Necesito verla —respondió volteándose a mirarlo.

—No ha firmado el contrato —le recordó levantando una ceja.

—Solo serán unos minutos, y estoy seguro de que no será nada parecido a lo que usted hacía anoche con lady

Rothsay en los jardines del club —le recriminó.

—Eso fue un golpe bajo —respondió Sterling, incómodo al saber que alguien le había visto con Abby.

—Estoy desesperado, necesito estar a solas con ella…

—Tiene veinte minutos…, es la tercera puerta a la derecha.

—Gracias —respondió aliviado.

—Estaremos esperando aquí —interrumpió Marcus.

—¿Siempre están escuchando a escondidas? —preguntó con tono acusatorio.

—Por lo menos nosotros no nos escondemos debajo de las mesas —se burló Sterling.

—¿Igual que su hermana? —preguntó Osbert con sarcasmo.

—¿Se escondió en el castillo? —preguntó Marcus soltando una carcajada.

—¿Está seguro de querer cargar con ella toda la vida? —preguntó Sterling.

—Por mí que se esconda donde desee, después que sea a mi lado y yo la encuentre… —respondió dejándolos al pie de la escalera riéndose a su costa.

—Debe amarla muchísimo —aceptó Sterling observándolo subir casi corriendo hacia la habitación de su hermana.

—Pearl es un grano en el trasero, no sé qué le ha visto. —Marcus se sentó en un escalón estirando sus largas piernas, de los tres era el más alto.

—¿Crees que lo perdone? —Sterling se sentó en los escalones más abajo.

—Su coraje no es contra el duque, sino contra las palabras que él pronunció, tal vez fuese falso, pero en el fondo ella no se siente capaz de desempeñar ese cargo. Al mantenerse enojada, evade el problema, que no es más que falta de confianza en sí misma —respondió Marcus, serio.

—¿Cuántos minutos le damos? —preguntó Sterling mirando hacia arriba.

—Los que hagan falta... —respondió Marcus sacando su reloj del bolsillo de la casaca.

# Capítulo 19

Osbert se detuvo frente a la puerta llevando una mano hasta su mejilla desfigurada, sintió aprensión, desde que había regresado a Londres se había tenido que enfrentar a sentimientos que había olvidado por completo. Al vivir en soledad, sus estados de ánimos básicamente se habían mantenido en un simple hastío de todo lo que le rodeaba, Pearl le había obligado de nuevo a sentir.

Se acarició la mejilla sintiendo la hilera de piel deforme y su inseguridad regresó, en el castillo todo había sido más a oscuras, aquí en la ciudad estaba a merced de las miradas curiosas y a veces de lástima. Cerró el puño en el aire y se negó a dar un paso atrás, se estaba jugando su felicidad y no había espacio para dudas y miedos. Con su mano sana abrió la puerta, la vio acurrucada entre numerosos cojines de color rosado y sonrió con ternura, una cabeza negra se levantó sorprendiéndolo al reconocer la raza de la perra.

—¿Qué sucede, Queen? —preguntó al escuchar el fuerte ladrido.

—¿Queen? —Osbert se acercó sonriendo.

Pearl se incorporó deprisa quedándose sin habla al verle allí sonriendo, en medio de su habitación, saltó de la cama y se alisó el vestido, frunciendo el ceño al ver sus pies solo con las medias, había dejado sus escarpines en algún lugar.

—¿Se ha vuelto loco? —preguntó con los ojos verdes desorbitados—. ¿Sabe mi padre que está aquí?

—Un poco —aceptó a la primera pregunta Osbert, disfrutando de haberla tomado por sorpresa—. A la segunda pregunta, tus hermanos están esperando por mí abajo —le dijo tuteándola a propósito.

Ella se quedó allí mirándolo como si le hubiesen salido dos cuernos.

—No me has presentado a tu hermosa amiga. —Osbert ladeó la cabeza disfrutando todas sus reacciones.

Pearl descendió la vista hacia Queen, que se había apostado a su lado, muy pendiente de lo que el inesperado visitante hacía. A pesar de todo lo que sentía, una sonrisa se dibujó en su rostro.

—No es un enemigo, Queen —le dijo para tranquilizarla.

—*Pero tampoco es un amigo* —le ladró la perra sin apartar la mirada de Osbert.

—Tienes su lealtad —le dijo Osbert observando los movimientos de la perra.

—Apareció aquí hace unas semanas buscando comida… y desde entonces somos inseparables. —Pearl acarició la cabeza de Queen con ternura.

Osbert asintió atento, la perra estaba alerta, lista para proteger a su nueva ama. Sonrió complacido, su búsqueda para una compañera para King había terminado, qué mejor compañía para su viejo amigo que la perra de su futura esposa.

—Me gustaría presentarle a King —le dijo atento a su respuesta.

—King es mayor…, puede que se incomode con los juegos de Queen —respondió preocupada.

—¿Mayor? ¿Crees que la edad es un impedimento para amar? —preguntó provocador dejándole entrever que la posición de ambos era la misma de Queen y King.

—No quise decir eso…, pero no creo que King sea muy paciente con Queen —intentó explicar sonrojada.

—Dejemos que ellos lo decidan —respondió sentándose en una butaca frente a la chimenea.

Pearl cruzó los brazos en el pecho al verle sentarse con toda la tranquilidad del mundo, impávida le vio acomodarse y abrir despreocupadamente su casaca marrón, estirando sus negras botas de caña, colocando una sobre la otra. Su tranquilidad le crispó los nervios, al igual que sus hermanos, la trataba con condescendencia.

Osbert le señaló la butaca frente a él en una súplica silenciosa, sus ojos verdes se fundieron con los de ella, ambos se quedaron allí diciéndose miles de cosas sin atreverse a pronunciarlas.

—Por favor —le pidió él esperando a que ella tomara asiento.

Pearl asintió olvidándose por un momento de su enojo, se sentó muy derecha apretando las manos sobre la falda, dispuesta a escuchar palabras que tal vez de nuevo la volverían a herir.

Osbert tenía unos deseos inmensos de tomarla en brazos y acunarla contra su pecho, se veía tan frágil, sin zapatos, con sus rizos cayendo con descuido sobre sus hombros, «es tan joven», pensó inseguro de lo que él pretendía. Recorrió la habitación con la mirada, tomando conciencia del tono rosado por toda la estancia, su futura esposa, a pesar de su carácter explosivo, vivía sumergida dentro de alguna de las novelas de Jane Austen. Él había leído un par de ellas más por curiosidad que otra cosa y al ver un tomo sobre la mesita de noche, se alegró por ello, eso le daba una clara idea de los anhelos de su prometida.

—He estado demasiado tiempo solo con King como única compañía —comenzó—, tener una esposa me obligaría a regresar.

—¿Entonces? —preguntó confusa al verlo por primera vez inseguro.

—Tú eres la razón para enfrentarme a todos. —Se inclinó hacia el frente y puso sus codos sobre sus piernas mirándola con intensidad—. No era mi intención herir tus sentimientos, en ese momento solo creí que era lo mejor para ambos —suspiró extendiendo una mano para acomodar un rizo detrás de su oreja.

—Pero lo hiciste —respondió en un susurro—, me arrebataste mis sueños —le respondió sin poder disimular lo que eso había significado para ella.

Había estado desbastada las primeras semanas, negándose a la idea de que hubiese fracasado, de que en aquella cena él le hubiese dejado claro que ella no estaba a la altura de lo que él esperaba de una esposa. No podía silenciar la desilusión que él le había ocasionado.

—Yo no soy un sueño, ninfa..., tampoco soy un príncipe, solo soy un hombre con cicatrices profundas que todavía están abiertas a pesar de los años transcurridos. Soy humano, cometo errores, jamás seré perfecto, mírame, mi rostro y una mano están destrozados, no puedo hacerme responsable de tus sueños, pero sí puedo aprender, si tú estás dispuesta, a ser una mejor persona para lograr hacerte feliz.

Pearl negó con sus ojos nublados por las lágrimas.

—Nunca seré esa duquesa que mencionaste.

—Hagamos un pacto... Si al finalizar la temporada todavía te sientes incapaz de llevar el título de duquesa de Cambridge, retiraré mi oferta de matrimonio.

—No te entiendo..., tienes muchas candidatas a las

cuales podrías escoger.

—No puedo concebir a otra mujer llevando la tiara de las duquesas de Cambridge… Inténtalo, demuéstrame que estaba equivocado, hazme quedar en ridículo, arrójame el guante a la cara…, te lo ruego, ninfa, sé que tienes un corazón enorme, sé que eres dadivosa, apiádate de mí.

Osbert atrajo sus manos entre las suyas y despacio se las llevó a los labios alargando el dulce beso más de lo permitido, disfrutando nuevamente de su cercanía. Sería una agonía tener el cortejo de rigor, pero era lo menos que podía hacer para volver a ganarse su confianza.

—Osbert —carraspeó sonrojada ante la íntima caricia.

—Mañana saldremos a pasear por Hyde Park —le dijo mirando sus labios.

—¿Está seguro? —preguntó acalorada.

—Nunca lo había estado tanto como ahora —le dijo aferrado a sus manos.

Pearl se perdió en sus ojos, su corazón saltó esperanzado al leer en su mirada el sentimiento profundo que albergaba por ella, allí sentados uno frente al otro tuvo miedo a dejarse llevar nuevamente. Osbert tenía razón, él no era un príncipe y debía aceptar que la realidad era muy distinta, ella misma tenía muchos defectos y, por lo que se veía, el duque de Cambridge estaba dispuesto a pasarlos por alto. ¿Por qué se le hacía tan difícil perdonar? En su fuero interno, su voz le gritaba que era simple y llana cobardía, se estaba escudando en el coraje para no aceptar sus miedos.

—Sí al final de la temporada no deseo casarme, ¿respetarás mi decisión? —preguntó con recelo.

—Tienes mi palabra de honor. —Su mirada verde

descansó en sus labios antes de soltar sus manos y ponerse de pie para salir de la habitación, seguramente, sus cuñados estarían a punto de subir.

Al llegar a la puerta la abrió, pero se detuvo un instante sin girarse.

—Hay algo que debes saber —le dijo con su voz ronca y varonil.

—¿Sí? —preguntó con recelo.

—Te amo, ninfa, mi corazón te pertenece por entero.

Pearl negó con la cabeza mientras lágrimas silenciosas bajaban por sus pálidas mejillas, «no puede ser», negó.

El club White estaba algo cambiado desde la última vez que había estado allí, entregó su largo abrigo y se negó a quitarse los guantes.

—¿Se encuentra el duque de Cleveland? —preguntó recorriendo el club con la mirada.

—Sí, milord, su gracia está en el segundo piso acompañado por el duque de Grafton —le informó el portero.

Osbert asintió y se dispuso a subir a la segunda planta del club mientras una que otra vez inclinaba la cabeza para saludar a algún conocido. Sentía las miradas curiosas sobre él, pero era algo a lo que tendría que acostumbrarse, tenía el firme propósito de lograr que Pearl volviera a confiar en él.

Sonrió al ver ponerse de pie a Alexander, el duque de Cleveland, y se abrazaron sonriendo. Murray levantó su bastón a modo de saludo ofreciéndole una copa de whisky, la que aceptó de inmediato, necesitaba relajarse. Todavía tenía sentimientos contradictorios ante su confesión horas antes en la casa de su prometida. Las palabras habían salido sin que él pudiese hacer nada por evitarlas, había tenido la necesidad de que ella supiese lo que él sentía, dejó todas las cartas al descubierto, ahora tendría que esperar que su ninfa le creyera.

—Estás en la boca de todos. —Murray sonrió con burla.

—Lo sé, pero ahora mismo esa es mi preocupación más pequeña.

—Lady Exeter —se aventuró Alexander a mencionar.

Osbert asintió abriendo su casaca, recostándose en la butaca.

—¿Dónde la conociste? —Murray no pudo aguantar la curiosidad.

—Mi tía, la baronesa…, es la madrina de Pearl. Viajó con ella al castillo de Bamburgh el año pasado.

Murray silbó bajito levantando una ceja.

—Una encerrona, pero al final tendré que agradecerlo —aceptó Osbert.

—Pero Lawson… —Murray no pudo evitar echar leña al fuego, había visto al duque de Newcastle muy entusiasmado.

—Mañana a primera hora firmaré el acuerdo matrimonial con el conde de Exeter —les confió.

Alexander y Murray intercambiaron miradas preocupadas.

—¿Estás seguro? —Alexander lo miró con intensidad.

—Todo lo seguro que se puede estar…, jamás hubiese regresado a Londres si no hubiese sido por Pearl —aceptó.

—Nunca entendí por qué decidiste apartarte, entiendo que por la gravedad de tus heridas hubieses permanecido por unos meses recluido, pero has estado una década fuera de Londres. —Alexander volvió a llenar su vaso mientras esperaba su contestación.

Osbert no deseaba hablar del pasado, era complicado hacerles entender que se había sentido culpable de la envidia y el odio de su hermano. Había presenciado las humillaciones de su padre desde que eran niños y se había mantenido impávido; en cierta forma, sentía que él había sido cómplice del maltrato.

—Es mejor dejar a los muertos descansar en paz, no deseo que mi pasado siga interrumpiendo mi vida, quiero comenzar de nuevo —respondió decidido dando un trago a su vaso.

—Te ayudaremos en lo que haga falta, ahora me despido, mi esposa me está esperando. —Murray se despidió dejando a Osbert a solas con Alexander.

—¿Qué te preocupa?

—Precisamente por eso quería hablar contigo, tengo dudas en cuanto a la juventud de Pearl y, según entiendo, tu esposa también es muy joven.

—Es una niña si la comparamos con mi experiencia —respondió Alexander, honesto.

—Cuando miro a Pearl… me parece muy frágil, incapaz de lidiar con las responsabilidades que conlleva ser mi esposa.

—Mi esposa no lleva las responsabilidades de la duquesa de Cleveland. —Alexander sonrió ante la sorpresa de Osbert.

—¿Qué quieres decir?

—Victoria vive en su mundo único y particular donde ni siquiera yo puedo entrar si ella no me lo permite… Cuando me casé sabía muy bien con la mujer que me estaba casando, es su dama de compañía la que se encarga de recordarle cuándo debe aparecer la duquesa de Cleveland.

Osbert asintió pensativo.

—Disfruto de mi matrimonio, Victoria es todo mi mundo y nuestros hijos, parte de él. Cuando dos personas se aman de verdad, la edad no debe ser ningún impedimento.

—He estado solo por muchos años, ella es mucho más joven, es normal que desee pertenecer a los clubes sociales de las damas de sociedad.

—Al final la acompañarás como un corderito porque desearás verla sonreír…, no hay nada que me haga sentir más vivo que la sonrisa de mi niña —respondió con una expresión franca. Alexander Cleveland era un hombre feliz, su rostro lo gritaba a los cuatro vientos.

Osbert deseaba para sí esa felicidad, quería dejar atrás la oscuridad y la amargura que habían sido por años parte de su vida. Quería un nuevo comienzo y Pearl era el pilar de esa vida que había añorado.

—Hasta ahora no me había dado cuenta de lo solo que he estado —confesó dejándole ver su tormento.

—Yo también lo estuve, pero, al conocer a Victoria, ya no pude concebir mi vida lejos de ella.

—Entiendo el sentimiento.

—No dejes escapar la felicidad, aférrate a ella con codicia, sé avaro, no te sientas egoísta por ponerla por encima de cualquier cosa, amo a mis hijos, pero ellos partirán a escribir sus historias. Mi historia es Victoria y nada está sobre ella. —Alexander alzó su vaso en un brindis antes de llevar la bebida a sus labios.

Osbert levantó la suya asintiendo.

—Pearl será la mía —brindó complacido.

# *Capítulo 20*

**A**bby intercambió una mirada maliciosa con Pearl mientras salían acompañadas del duque de Cambridge. Pearl llevaba sujeta de su cadena a Queen, Osbert había insistido en que la perra los acompañara a su caminata matutina por Hyde Park. Para su consternación, al acercarse al carruaje descapotable, Queen empezó a ladrar, excitada. Osbert se alegró siguiendo a su prometida; como lo suponía, la perra se había percatado de la presencia de King en el carruaje. Abby fue la primera en verle y dio un gritito de felicidad señalándolo, Pearl sonrió encantada acercándose para que el cochero abriera la puerta y dejara bajar al setter.

Osbert se mantenía atrás observando todo con mucho interés, Pearl lo había esperado y con su cara de inocencia le había notificado que serían acompañados por su amiga y su carabina. Osbert se mantuvo imperturbable, en todo momento estuvo tranquilo y dispuesto a seguirle el juego, tal vez se hubiese mantenido alejado del mundo social, pero, al parecer, las tretas femeninas no habían cambiado mucho en esos años. King saltó del carruaje, pero frenó y dio un paso atrás.

—*Pero ¿qué hace?*—le ladró a la perra, que le estaba

olisqueando de manera muy descarada.

—*¿Qué es ese olor tan especial?* —le ladró Queen acercándose más—. *Los perros de la calle no huelen de esa manera.*

—*Soy el perro de un duque, haga el favor de dejar de pasarme su hocico por la cara* —le ladró.

—King, te presento a Queen, la amiga de lady Exeter. —Osbert interrumpió antes de que su amigo cayera en su trasero.

—¡Queen, detente! —La haló Pearl mientras Abby se reía a carcajadas de la cara de circunstancia del setter.

—Dame la cadena, Pearl —pidió Abby apresurándose a apartar un poco a la setter de King, que la miraba con deseos de morderla.

—¿Cómo has estado, hermoso? —saludó Pearl acariciando su bonito pelaje marrón.

—*Estoy agobiado, mi señor ha estado insoportable desde que te fuiste, he venido para que regreses* —le ladró antes de lamer su mano, lo que la hizo reír encantada.

—Creo que King se ha sentido intimidado con Queen —dijo Abby sonriendo, mientras intentaba mantener a la inquieta perra apartada del setter.

—*¡Esa perra necesita disciplina!* —le ladró King clavando su vista en Queen, quien le hizo ojitos.

—No creo que King se deje intimidar —le respondió Pearl sonriéndole genuinamente desde que se habían vuelto a encontrar.

Osbert colocó su mano enguantada sobre la suya, encaminándose a Hyde Park seguidos por Abby y la carabina de Pearl. La residencia del conde se encontraba en la calle Saint Audrey, que conectaba directamente con el parque.

—Deberías haber traído una sombrilla —le dijo

mirándola de soslayo mientras continuaban por la acera.

—El sombrero me protegerá —respondió saludando con la mano a los conocidos que pasaban por su lado.

—¿No es un problema para usted caminar hasta el parque? —Pearl se giró preocupada.

Osbert continuó la marcha, tenía la mano de Pearl acomodada en su brazo y estaba disfrutando como hacía tiempo no lo hacía, la primavera se percibía a cada paso que daban, la gente iba caminando…, sentía como si hubiese despertado de un mal sueño, se acomodó su sombrero de copa antes de girar a encontrarse con su mirada.

—Cuando estoy junto a usted mis cicatrices desaparecen —le dijo antes de volver su atención a la acera.

El corazón de Pearl comenzó a latir con más rapidez. ¿Cómo podía decirle algo así y continuar como si nada? «Esos ojos…», pensó con frustración.

La voz de alguien llamándola interrumpió sus pensamientos, se giró buscando a la persona; para su sorpresa, Sterling cruzaba la acera y se acercaba.

—Los acompaño a caminar. —Sonrió al grupo.

Pearl se giró para mirar a Abby, quien estaba sonrojada ante la llegada de su hermano. Esquivó su mirada, lo que hizo que Pearl entrecerrara los ojos debajo del sombrero.

—Milady, permítame ayudarla con la perra —pidió solícito Sterling quitándole la correa de la mano a Abby y colocando su mano enguantada en su brazo.

—Milord, no esperaba encontrármelo. —Osbert no pudo evitar soltar la pulla, a lo lejos se veían las intenciones de su futuro cuñado, era un bribón de cuidado y, por lo que sospechaba, todavía no había pedido permiso para cortejar a la amiga de su prometida.

—Más tarde podríamos pasar por el club… —respondió Sterling sin darle importancia a su comentario mal intencionado, no tenía por qué dar explicaciones; además, debía agradecerle que le quitara de en medio a las chaperonas indeseables.

—Continuemos. —Pearl miró a su hermano, seria, todavía le dolía que hubiesen conspirado a sus espaldas para unirla con Osbert.

Las miradas curiosas los siguieron por todo el trayecto, cuando entraron en el parque ya Osbert tenía una idea de lo que se murmuraba a sus espaldas. Miró de soslayo a Pearl y sonrió complacido, comenzaba a relajarse en su compañía.

—¿Por qué no damos una carrera? —ladró Queen ingeniándoselas para acomodarse al lado de King, que se había mantenido en silencio durante todo el camino al lado de su señor.

—No le he dado permiso para tutearme, cachorra —ladró sin molestarse en mirarla.

—Ya no soy una cachorra —le ladró indignada.

—Se comporta como una —volvió a ladrar más fuerte haciendo que Osbert se detuviera.

—Deseo olerte. —Se acercó más Queen.

—Atrás, le digo —ladrándole un tanto intimidado por sus avances.

—Tranquilo, amigo —lo intentó tranquilizar Osbert.

—Mejor díselo a la cachorra —le ladró ya perdiendo la paciencia.

—¡Correré yo sola! Eres un duque perro muy aburrido —ladró Queen soltándose sorpresivamente del amarre de Sterling y adentrándose en el parque a toda carrera, dejando al grupo sorprendido.

King ladró furioso al verla salir corriendo y, para consternación de Osbert, se lanzó tras la perra con un ímpetu que hacía años no veía.

—¿Por qué la soltaste? —le reclamó Pearl a Sterling, quien todavía miraba con sorpresa cómo la perra se había ingeniado para soltarse.

—Ese demonio se soltó solo —respondió mirando exasperado por donde se habían marchado los perros.

—No creo que estén en peligro, todavía es una perra muy joven, necesita ejercitarse. —Osbert se sentía más preocupado por su perro.

—King la cuidará —dijo Abby sonriendo—, es un caballero, a pesar de su enfado, fue tras ella.

Sterling le sonrió de medio lado.

—Lady Rothsay y yo iremos a buscarla. —Sterling sujetó el codo de Abby apremiándola a continuar—. Siga con nosotros —le ordenó Sterling a la doncella.

—Sterling…, no creo… —intentó Pearl hacerlo razonar.

—El compromiso ya fue anunciado en el periódico matutino, no estará mal visto verlos pasear por el parque. Sin embargo, la carabina debe seguir a lady Rothsay —razonó Sterling viendo la cara de su hermana.

—Ve y trae a los perros —lo apremió sin contradecirle, estaban ante la vista de muchos conocidos y no deseaba ser blanco de cotilleos innecesarios.

—¿Crees que estarán bien? —le preguntó mirando al grupo perderse en la distancia.

—Creo que su perra está intentando seducir a mi perro —contestó Osbert obligándola a caminar hacia un sendero menos transitable del parque.

—¡Eso es mentira! —exclamó mirándolo, acusadora.

Osbert sonrió deteniéndose frente a un banco de piedra resguardado por un árbol que daba sombra. Le señaló con la mano que tomara asiento. Sus miradas se entrelazaron por unos instante. Disfrutando del silencio y la soledad, Osbert se acercó despacio, sus ojos verdes descansaron en sus labios, levantó su mano y con reverencia deslizó su dedo pulgar por el labio inferior. Pearl jadeó ante la inesperada caricia en medio del parque.

—Sueño con estos labios —susurró—, deseo tocarte —continuó seduciéndola con su voz.

—Milord...

—Osbert..., pronuncia mi nombre —la urgió con su voz ronca y seductora.

—Osbert..., nos pueden ver... —murmuró atropelladamente, incapaz de apartarse.

—Eres mía, ninfa..., mía para recorrer con mis manos todo tu cuerpo —continuó con su dedo el recorrido obligándola a cerrar los ojos por la cálida sensación que sintió en su estómago.

—Déjame sentir tus labios. —Su voz ronca susurrante le hizo perder el poco sentido que le quedaba, ella no era competencia para un hombre como Osbert.

Cuando sus labios tocaron los suyos, suaves, tiernos... se aferró a su casaca y suspiró.

—Un beso no es suficiente —susurró contra su boca.

Abrió los ojos con suavidad y su mirada embriagadora se fundió con la suya envolviéndolos en ese mundo propio que habían creado desde el primer encuentro.

Un aullido lastimero a la distancia les obligó a salir del aturdimiento en el que se encontraban.

—¡Es King! —exclamó Pearl separándose del cuerpo de Osbert, buscando el lugar por donde el aullido se escuchaba.

Osbert corrió deprisa por el sendero con Pearl corriendo tras él, la abrupta parada de Osbert la hizo tropezar con su espalda.

—¿Qué sucede? —preguntó preocupada.

—No creo que debas mirar —le dijo con voz extraña.

Pearl lo empujó exasperada a un lado pasando como una exhalación, para saber lo que ocurría. Se detuvo repentinamente abriendo los ojos desorbitadamente cuando vio a Queen lamiendo con ímpetu los testículos de King, quien lloriqueaba ante la descarada caricia.

—¡Queen, apártate! —le gritó avergonzada Pearl.

Osbert bajó la cabeza intentando guardar la compostura, la expresión de King era para matarlo.

—¡Suéltalo! —insistió contrariada con sus mejillas sonrojadas por la vergüenza.

—*No le hagas caso* —lloriqueó King, quien estaba sobre el césped tirado con sus cuatro patas arriba.

—*No entiendo por qué tanto escándalo* —le ladró Queen a King separándose, dejando su tarea inconclusa. Al pobre le habían picado algunas abejas cuando intentaba rescatarla—. *Estos humanos son un incordio* —le ladró Queen.

Sterling y Abby observaban detrás de Osbert cómo Pearl ayudaba a King a levantarse, Abby prefirió mantenerse en silencio, pero Sterling no pudo aguantar y comenzó a reírse a carcajadas.

—Hay que ver la suerte de algunos —dijo entre las lágrimas.

Osbert se mantuvo derecho intentando no acompañar a su futuro cuñado con las carcajadas, se apretó los labios con fuerza, sabía que Pearl estaba incómoda con la situación y no deseaba empeorarla.

—¡Sterling, no tienes vergüenza! —le reclamó acusadora Pearl.

—Son cosas de animales… —respondió intentando parar de reír.

—Vamos, amigo. —Osbert tomó la cadena de King y se agachó muy cerca de su oreja.

—Es tu deber emparejarte con ella —le susurró.

—*¡Ha sido una trampa!* —le ladró.

—¿Está enojado? —preguntó Pearl preocupada.

—*¡Desvergonzada!* —le ladró King a Queen, quien se había ingeniado para acercarse.

—*Y bien que te acomodaste para que siguiera* —le ladró Queen indignada.

—*¿Le has hecho eso a otro perro?* —preguntó con un ladrido seco que a Queen no engañó.

—*No...* —negó dando un paso atrás.

—*Pues de ahora en adelante solo a mí me lames las pelotas* —le ladró decidido.

—*Si insistes.* —Se acercó Queen lamiéndole la cara.

—Creo que su perro ha encontrado a su compañera —le dijo Sterling jocoso a la espalda de Osbert.

—La setter de su hermana es una perra decidida —aceptó Osbert ganándose una mirada fría de Pearl.

—Debemos regresar, Abby y yo tenemos en la tarde la reunión semanal del club de lectura de la duquesa de Cleveland.

Pearl nunca se había sentido tan incómoda, lo miró de soslayo a su lado y no se atrevió a responder su mirada, sentía sus ojos clavados en ella. Agradeció en silencio que no hubiese acompañado a su hermano con las carcajadas, habría sido mucho más incómodo para ella; su hermano era un granuja sin moral ni conciencia.

—¡Lo había olvidado! —exclamó Abby acercándose a su lado.

—Cuando estás al lado de mi hermano olvidas hasta tu nombre —le murmuró entre dientes para que nadie la escuchara.

Abby se sonrojó sabiendo que su amiga tenía razón, Sterling le tenía los nervios destrozados y no podía sincerarse con su mejor amiga. ¿Cómo podía decirle a

Pearl las cosas impúdicas que su hermano le susurraba al oído? Ni ella misma se atrevía a decirlas en voz alta.

—Las acompañaremos, y luego me acompaña al club, milord —sugirió Sterling.

—Mañana es el baile de los duques de Wessex, me gustaría que fuéramos juntos —dijo Osbert acercándose más a Pearl.

—Todos iremos, milord, a la duquesa de Wessex no se le puede hacer un desaire, lo esperaremos y partiremos todos juntos —respondió Sterling negándose a que su hermana inventara alguna excusa.

—¿Estás conforme? —le preguntó Osbert tomando su mano entre la suya, ignorando a los demás.

—Está bien, milord…, lo esperaré —asintió encontrando su mirada.

Osbert hubiese dado cualquier cosa porque en ese momento hubieran tenido más privacidad, deseaba abrazarla, sentirla contra su pecho. Deseaba que el tiempo volara y que pudiera llevársela de Londres por lo menos algunos meses. Antes de eso debía probarle a Pearl que ella sería una gran duquesa, su prometida necesitaba esa seguridad y él se encargaría de que la obtuviese.

# Capítulo 21

Adelante —gritó Pearl distraída eligiendo la pulsera que mejor le quedara al precioso vestido en seda crema que había elegido.

Alice entró a la habitación y se llevó una de mano al pecho al ver lo hermosa que se veía su ahijada, le habían hecho un recogido en lo alto de su cabeza dejando la cascada de rizos pelirrojos caer por su espalda.

—Luces hermosa. —Se acercó sonriendo.

—Gracias, madrina —respondió mirándola a través del espejo del tocador.

—¿Estás preparada? Osbert ya llegó, está con tus hermanos en la biblioteca.

—¿Está muy guapo? —preguntó lastimosamente haciendo que Alice estallara en una carcajada.

—Mi sobrino siempre ha sido el epítome de la elegancia, si hay alguien en el reino que lleva con gallardía su título, es Osbert —dijo orgullosa.

Pearl suspiró y asintió derrotada. Alice se acercó más poniendo sus manos en sus hombros, mirándola con el ceño fruncido.

—¿Dónde está la joven decidida que conozco? ¿Dónde está ese espíritu lleno de esperanza? —le preguntó con un tono de regaño que no le pasó desapercibido.

—Madrina…

—Te veo y no te reconozco —le dijo con firmeza—. ¿Crees que te hubiese llevado a conocer a mi sobrino si no te hubiese creído capaz de llevar esa responsabilidad sobre tus hombros? —Alice la hizo levantarse del banquillo, la llevó por el codo hasta la orilla de la cama y la sentó en el borde—. Osbert actuó motivado por el miedo. No lo disculpo, pero esa es la única verdad. —Alice se sentó a su lado dando un hondo suspiro—. Él no estaba preparado para tu llegada, lo cegaste con tu luz y en tan solo unos días pusiste su oscuro mundo patas arriba. Él había creado un mundo para esconderse, tú, querida, lo obligaste a salir a la luz y en su desesperación te hirió. —Alice tomó una de sus manos entre las de ella—. No será fácil el camino, pero la pregunta importante es ¿le amas? Porque si no es así, nada vale la pena, sin el afrodisiaco del amor, la vida en pareja es estéril, gris, monótona y solitaria.

—¿Cómo lo sabe? —preguntó viendo una profunda tristeza en los ojos de su madrina, siempre alegre y vivaracha.

—Porque es la vida que muchas de nosotras debemos llevar sin derecho a quejas. ¿Crees que el amor existe en la mayoría de las parejas de nuestro mundo? Es hora de que veas la realidad tal cual es, tienes en tus manos la posibilidad de un matrimonio por amor, mi sobrino jamás hubiese venido a Londres si no sintiese por ti un sentimiento tan sublime y único como lo es el estar profundamente enamorado de otra persona —le dijo con convicción.

—Me lo dijo… —aceptó con los ojos empañados de lágrimas.

—Entonces, querida, allí abajo te espera tu príncipe un poco chamuscado, con miles de defectos, tal vez intransigente, pero lo tienes, ¿qué te detiene? Palabras… Osbert mintió descaradamente el día de la cena —le dijo sonriendo de medio lado, palmeando su mano.

—Me dolió mucho… —le dijo con emoción contenida.

—Te dolió escuchar de sus labios tus propios miedos. —Alice acarició con ternura la mejilla de Pearl.

Pearl le sostuvo la mirada y aceptó la verdad, las palabras de Osbert habían herido su orgullo, el escucharle decir que ella no era la candidata adecuada le había hecho enfrentar sus propias dudas y eso casi la aniquila, su confianza en sí misma se vino abajo y la dejó indefensa.

—No es solo mi responsabilidad como duquesa. —Se sonrojó esquivando su mirada—. No sé nada de cómo poder gustarle a mi esposo…

—Mi niña —sonrió con coquetería—, deja todo en manos de mi sobrino, para él será un deleite iniciarte en el lecho conyugal —dijo guiñándole un ojo.

—¿Está segura? —preguntó mirándola con serias dudas.

—Muy segura, ahora baja al encuentro de tu prometido. —Alice le besó la mano antes de incorporarse—. Espero que Antonella nos deleite con jugosos manjares —dijo antes de salir a recoger su abrigo.

Osbert siguió a Sterling fuera de la biblioteca en busca de las damas. Había tenido que emplear su ingenio para aplacar el malestar de su tía Alice, aceptaba que tenía todo el derecho de sentirse ofendida. Sonrió satisfecho al recordar su cara al ver las tres pulseras de piedras preciosas que había encargado exclusivamente para ella, suspiró resignado, después de los dulces las joyas eran la perdición de la baronesa.

—Espero que esta noche sea más discreto —le dijo sin preámbulos a su cuñado, quien estaba más callado que de costumbre.

—Supongo que tendré que hablar con su padre —respondió caminando a su lado.

—No es honorable lo que está haciendo, lady Rothsay es una joven debutante de buena familia —le recordó con seriedad.

—Lo sé…, pero el problema es que cada vez que la veo en lo único que pienso es en…

—¡Milord! —Se detuvo levantando su mano para que callara.

—¿Nunca se ha sentido arrastrado por la pasión? —preguntó intentando hacerse comprender.

Osbert esquivó su mirada avergonzado porque los sentimientos de él hacia la hermana, no eran nada de honorables.

—Sigamos —respondió sin contestar, cada vez se le hacía más difícil contenerse.

Pearl se sujetó del balaustre de la escalera al ver a Osbert aparecer al lado de su hermano, si la noche del debut había estado impresionante, esta vez quitaba el aliento. Le habían atado su largo cabello con una cinta de seda del mismo color azul claro de su lazo. Hizo una pequeña reverencia frente a él, por lo menos, esa noche se debían seguir al pie de la letra las formalidades de rigor, era un baile de gala en el que estaría presente la elite de la sociedad.

Osbert mantuvo más del tiempo permitido su mano enguantada entre la suya mirándola embelesado, estaba hermosa, se veía tan delicada que tenía miedo de tocarla. Sintió el carraspeo de su tía y regresó a la realidad.

Soltó su mano y le hizo una seña al mayordomo para que se acercara. El hombre lo hizo de inmediato entregándole, para curiosidad de todos, una caja de terciopelo negro. Todos intercambiaron miradas en silencio mientras él se acercaba nuevamente a Pearl.

—Me gustaría que esta noche llevaras la tiara más antigua de la casa de los Cambridge, no ha sido usada por más de cien años —anunció acercándose a ella.

—¡Oh, querido! —exclamó Alice, sorprendida por el pedido de su sobrino.

—Pero yo todavía no soy…

—Prácticamente lo eres, hija, ya el contrato matrimonial está firmado por ambas partes —intervino su padre acercándose.

Osbert abrió el estuche donde descansaba una tiara rodeada de diez rombos bordeados por diamantes y dentro de cada uno de ellos había una esmeralda en forma de pera, Pearl contuvo el aliento al mirar la exquisita joya.

—Con esa tiara sobre la cabeza no te podrás meter debajo de las mesas, mi futuro cuñado es un hombre sabio —dijo socarrón Marcus, aceptando el abrigo que una doncella le estaba extendiendo.

—¡Marcus! —lo regañó el conde pinchándose la nariz con dos dedos, su hijo menor era un constante dolor de cabeza.

—¿Me ayuda, tía? Mi mano no me lo permite —le pidió sin apartar la mirada de Pearl.

—Claro, querido —respondió emocionada, acercándose.

Alice sacó con reverencia la tiara del estuche y con los ojos nublados la colocó con mucha delicadeza en la coronilla de Pearl, sonrió encantada ante el resplandor de las esmeraldas sobre el cobrizo cabello.

—Te ves hermosa, hija —dijo el conde, emocionado.

—Tengo que admitir que te ves más alta. —Sonrió Sterling, que soltó una carcajada al ver a su hermana sacarle la lengua sin ninguna vergüenza frente a su prometido.

—Se le ve mucho mejor a usted, milady, que a mi bisabuela —le dijo Osbert con los ojos brillantes por el placer de verla con joyas de su familia.

—Te ves hermosa. —Thomas se acercó y la besó en la frente—. Serás la duquesa más hermosa de la casa de los Cambridge —le susurró al oído.

—No quiero apurarlos, pero ya saben la fama que tiene Antonella de excelente anfitriona, no deseo perderme el suculento banquete de dulces —les apremió Alice.

—Se me había olvidado —respondió el conde acercándose para escoltarla al carruaje.

—¿Qué te parece si bailamos un vals…, como en los viejos tiempos? —Alice lo miró coqueta.

—Ya no estoy para esos trotes —se quejó.

—Yo bailaré encantado con usted, seguro saldremos mañana en la página de cotilleos del The Morning Post —interrumpió Marcus tras ello guiñándole un ojo a Alice, que se carcajeó encantada haciendo que Howard pusiera los ojos en blanco.

«Si no fuese mi prima…», pensó mirándole con disimulo el apretado vestido en el que sus pechos casi se salían del apretado corsé.

# Capítulo 22

Osbert tendió su mano para ayudarla a bajar del carruaje, había sido incapaz de apartar su mano de la suya en todo el trayecto hacia la mansión de los duques de Wessex, habían compartido un grato silencio en el que las palabras sobraban. Recorrió la hilera de carruajes detrás del suyo, la fila era interminable, como lo había supuesto, casi estuvo tentado a tomarla en brazos para ayudarla a bajar.

—Parece que todo el mundo ha decidido venir. —Pearl miró un poco intimidada la fila que se veía para entrar.

—Todo saldrá bien —le dijo dándole confianza.

—¿Estarás cerca? —preguntó tuteándole sin darse cuenta.

—Me tendrás a tu lado siempre —prometió tuteándola también, llevándose su mano hasta sus labios.

Pearl lo siguió caminando sobre una nube, estaba irremediablemente enamorada del hombre que la llevaba del brazo, amaba sus virtudes, pero también sus defectos, anhelaba con desesperación ser la cura para esas profundas cicatrices que estaban bajo su la piel y que pocas personas podían ver. Aunque Osbert no le había hablado de su tragedia, ella sospechaba que había algo más profundo oculto en su interior que lo había mantenido por tantos años encerrado en sí mismo. Estaba segura de que algún día él se sinceraría con ella, había tiempo, necesitaba ser paciente, pero sobre todo necesitaba confianza en sí misma, y eso solo podía lograrlo por ella misma, nadie podría ayudarla si no ponía toda su entereza en conseguirlo.

Tuvieron que forzosamente separarse, Osbert fue arrastrado por varios amigos, entre ellos, el duque de Cleveland, mientras que ella se abrazó a Abby, quien gritó de gusto al ver su tiara. Casi de inmediato apareció Viviane, luciendo muy provocativa con su corpiño bien ajustado.

—¿Estás segura de que puedes respirar? —preguntó Pearl levantando una ceja.

—No, casi me asfixio —respondió Viviane escondiendo su cara detrás de un abanico.

—El duque de Newcastle no le quita la mirada de encima —le susurró Abby en tono sugerente.

—¡No es cierto! —Se rio sonrojada.

Pearl y Abby intercambiaron miradas maliciosas.

—Son unas malas amigas…

—Es un hombre muy especial —dijo sorpresivamente Pearl mirándola con fijeza.

—Lo sé…

—Tienes todo para cazarlo —le dijo Pearl segura.

—Si Pearl dice que puedes, es que puedes, mira cómo tiene al duque de Cambridge comiendo de su mano —aseguró Abby mirando a su mejor amiga con orgullo.

—Lo intentaré… —respondió Viviane buscando al hombre que le había quitado el sueño. Cuando sus ojos se encontraron entre todo el gentío de invitados, sintió sus piernas temblar ante su acerada mirada, sabía lo que le estaba ordenando sin palabras, quería verla a solas y ella no podía resistirse, él era su dueño, su amo y señor…

Las duquesas de Grafton, Cleveland y Ruthland caminaban con confianza entre los presentes, Marianne era la que iba por delante abriendo paso a las demás, su estatura y su altivez hacían que los demás nobles tomaran conciencia de su presencia y se apartaran de su camino; en poco tiempo la duquesa de Ruthland se había ganado el respeto de la sociedad. Las tres damas esa noche tenían un objetivo en mente, de manera que fueron directamente a encontrarlo.

—Buenas noches —saludó Marianne a Pearl, quien se quedó sin palabras ante la presencia de la duquesa.

Miró a su alrededor, Abby se había retirado a buscar un refrigerio y Viviane se había excusado para ir al privado de damas; se había quedado sola.

—Su excelencia —saludó inclinando brevemente la cabeza.

—Buenas noches —saludó Victoria quien, para sorpresa de Pearl, se acercó y la besó en ambas mejillas.

—Buenas noches. —Se acercó Katherine sonriendo ante el desconcierto de la joven.

—Lady Exeter, queríamos aprovechar para invitarla a unirse a nosotras en nuestra reunión semanal de los martes —invitó la duquesa de Ruthland.

—Pero yo todavía no soy una duquesa —intentó explicar.

—Para la aristocracia, ya lo eres y queremos que te unas a nosotras —insistió Victoria—, debemos hacer un frente unido.

—Es importante que todas nos conozcamos y nos unamos para poder ayudar a otras mujeres dentro de nuestro extracto social —interrumpió Katherine—, nosotras somos la fuerza detrás del reino, tener a la duquesa de Cambridge entre nosotras con un título tan antiguo y respetado nos dará más poder —le aseguró.

—No queremos ser un simple adorno, deseamos utilizar nuestra posición para ayudar y proteger a damas que estén en situaciones delicadas. —Marianne sonrió al ver la expresión de sorpresa en el rostro de la joven.

Abby, que había regresado con un refrigerio para Pearl, se acercó y se mantuvo en silencio, incapaz de decir nada ante la presencia de las tres damas, sentía la mirada de los grupos de invitados cercanos a ellos. El que estas tres mujeres se hubiesen presentado y vinieran a invitar a su amiga a pertenecer a su círculo privado de damas no era cualquier cosa. Se sintió emocionada al saber que Pearl estaría en un lugar privilegiado y que tendría manera de ayudar. Su mejor amiga tenía un corazón de oro, sería maravilloso verla florecer en su posición de duquesa.

—No sé qué decir…, será un honor si ustedes me lo permiten.

—Lo primero sería que nos tuteáramos, aunque eres miembro del círculo de lectoras que dirijo, jamás te acercas. Nosotras deseamos tu amistad, escuchar tus opiniones, deseamos conocerte —dijo Victoria.

—Una reunión interesante —interrumpió Antonella, acompañada por la madre de Victoria, la duquesa de Sutherland.

Todas hicieron una genuflexión, aunque la duquesa de Wessex tenía el mismo título nobiliario, ellas le conferían un respeto a su posición dentro de la aristocracia.

Antonella paseó con lentitud su mirada por el grupo de mujeres, vio el futuro en ellas y sonrió con suficiencia, había plantado la semilla y se aseguraría de que germinara de la manera correcta, no era tan soberbia para pensar que viviría por siempre, su grupo de amistades se iría, como era la ley natural de la vida, y serían estas mujeres las que tomarían su lugar. «Todavía falta la líder, una a la que no le tiemble el pulso a la hora de tomar una decisión…, pero pronto estará también entre nosotras», pensó con placer.

—Estamos invitando a lady Exeter a nuestras reuniones de los martes —le informó Katherine a su madrina.

—A la duquesa de Cambridge —corrigió Antonella.

—Para nuestro grupo de matronas, ya lady Exeter es portadora del título —intervino la duquesa de Sutherland.

—El duque de Cambridge ha escogido muy bien, te damos la bienvenida, estoy segura de que harás honor al título. —Antonella sonrió ante la palidez de la joven, había mucho camino por recorrer, pero la muchacha tenía carácter, los años y la experiencia la irían moldeando.

—Gracias, su excelencia —respondió abrumada.

Pearl levantó su mirada y esta se fundió con la de su prometido, quien le guiñó un ojo transmitiéndole su aprobación. Una sonrisa salida del corazón se dibujó en sus labios, había sido aceptada entre la elite de las mujeres que componían la alta sociedad frente a todos, ya no había espacio para temores e inseguridades. Sería la mejor duquesa de Cambridge, se lo debía a su futuro marido, quien le había confiado su casa y su corazón.

Osbert no pudo soportar más la distancia, se disculpó y fue tras su ninfa, deseaba bailar ese vals que no había podido ser el día del debut. Estaba casi alcanzando el grupo cuando el duque de Newcastle se interpuso en su camino.

—Milord —saludó Lawson desafiante, sabía que el correcto duque de Cambridge había tenido que hacer un gran esfuerzo para no golpearlo frente a todos en el baile de presentación de las debutantes. No había podido resistir la tentación de provocarle.

—Me sorprende encontrarlo en esta velada —respondió acerado clavando sus ojos en él, con unas inmensas ganas de golpearlo.

—Tal vez mi gustos han cambiado, espero no se moleste si saco a bailar a su prometida, lady Exeter es una dama muy interesante. —No pudo resistir el desafío.

—¡Vete a la mierda! Lawson, si te veo cerca de mi prometida, nos tendremos que batir en duelo —le dijo mientras seguía su camino escuchando las carcajadas del miserable.

Osbert se negó a que Lawson le arruinara la noche, estaba terriblemente celoso de ese patán, lo único que lo tranquilizaba es que conocía las preferencias de Lawson y Pearl no entraba en esa categoría de mujeres, había sido ese conocimiento lo que lo había mantenido tranquilo.

Al llegar al grupo, saludó como era convenido, pero al acercarse a Antonella se arrimó más, la besó en amabas mejillas y se detuvo un instante cerca de su oído.

—Acaba de llegar a Londres —le susurró en secreto antes de excusarse para llevarse a Pearl a la pista.

Antonella traspilló por la impresión de la noticia.

—¿Qué sucede? —preguntó la duquesa de Sutherland sujetándola preocupada.

—Mi corazón ha regresado a Londres —le susurró.

—¿Andrés? —preguntó sorprendida mientras la seguía a su estancia privada.

—¡Mi hijo regresó a casa, Margaret! ¡Y ay de aquel

que intente apartarlo de nuevo de mí! —le advirtió.

—Tella…

—No tendré piedad, seré capaz de todo —le respondió dejándole ver en su fría mirada que la amenaza no era en balde.

Osbert la siguió embelesado mientras bailaban alrededor del elegante salón, sus miradas se fundían dejando ver sus sentimientos, la estrechó más contra sí disfrutando por fin el poder tenerla entre sus brazos, todo a su alrededor quedó olvidado, no había espacio para nada más que disfrutar del fuerte lazo que los unía. La vida se había apiadado de él dándole un respiro. Al compás de la música, podía entrever su futuro y su corazón casi explotaba en su pecho, cuando el sentimiento de amor inunda el cuerpo, la plenitud es total, es perfecta.

El conde de Exeter junto a Alice miraban pletóricos a la pareja, que en esos momentos sacaba suspiros de las matronas más exigentes; al verles, no se podía sentir otro sentimiento que no fuese envidia.

—Te lo dije, primo, estaban hechos el uno para el otro —le dijo Alice con su sonrisa cantarina.

—Estoy satisfecho, he cumplido la promesa que le hice a su madre en el lecho de muerte, al mirarlos estoy seguro del amor del duque por mi hija —respondió conmovido.

—Howard —interrumpió Antonella—, Osbert desea que se brinde por su compromiso y quiere entregarle esta noche a su prometida su sortija.

—Estoy de acuerdo —respondió el conde.

—Me complace la unión —dijo Antonella mirando el platillo de Alice lleno de dulces. «¿Es que no puede pensar en nada más que en atiborrarse de dulces?», pensó con deseos de arrebatarle el plato y subirle un poco el corpiño, era un milagro que sus pechos no se salieran y la dejaran expuesta ante la gente.

—Te acompaño para preparar todo… —se ofreció Alice sonriendo con cara inocente, teniendo claro cuáles eran los pensamientos de la duquesa. «Pretendo comerme todos los dulces que pueda antes de irme de tu casa, ¡bruja!», pensó con placer.

—Vayan —dijo el conde, distraído, buscando a su hijo Marcus entre los invitados. «Marcus aquí es como un lobo entre las ovejas —pensó preocupado, sabía que su hijo menor era la oveja descarriada de la familia—. Tengo que confrontar a Sterling, está buscando que el padre de lady Rothsay lo rete a duelo por la honra de su hija», pensó mientras se dirigía al salón de juegos.

# Capítulo 23

**P**earl caminaba sobre nubes; Osbert, a su lado, intentaba abrir camino para salir a tomar aire al jardín. Ella había visto en sus ojos la necesidad de estar a solas. A medida que avanzaban entre los invitados, tuvieron que detenerse en varios grupos en los que había sido obligatorio el saludo. Pearl se dio cuenta del respeto con el que se dirigían a su prometido, casi todos le habían reprochado el estar ausente por tanto tiempo y, aunque no era bien visto mencionar sus cicatrices, para su asombro, varios caballeros sí lo hicieron bromeando con Osbert sobre que eran marcas de guerra y que no debía sentirse incómodo por mostrarlas.

—¡Al fin! —exclamó Osbert llevándola con delicadeza hasta un pequeño gazebo, no muy lejos de la entrada, que les daba un poco de privacidad.

—Los jardines de la duquesa son hermosos —dijo admirando las pequeñas fuentes y las estatuas estratégicamente colocadas para que fuesen contempladas desde cualquier punto del jardín.

—Es uno de sus pasatiempos preferidos, además de la cocina —contestó.

—¿La conoces?

—Es como una segunda madre para mí, su hijo

Andrés es uno de mis mejores amigos.

—Ella me hizo sentir bienvenida…

—La duquesa de Cambridge pertenece a una de las casas más importantes… Las matronas se asegurarán de que tomes tu lugar dentro de ese círculo femenino tan exclusivo —le contestó, ayudándola a sentar en el banquillo de mármol y se sentó a su lado.

Levantó su mano y con reverencia acarició la suave mejilla de Pearl, quien cerró los ojos al sentir la delicada caricia.

—Dime que te casarás conmigo, sácame de esta miseria, ninfa —suplicó con voz enronquecida acercando sus labios a los de ella, saboreándolos con deleite—. ¿Todavía tienes dudas? —le preguntó alejándose un poco para poder mirarla a los ojos.

Pearl elevó su mano enguantada y acarició su mentón, sonrió feliz al escucharlo ronronear como si fuese un gato. Colocó su frente sobre la de él mientras entrelazaban sus manos.

—Te amo, y mi amor siempre será en tonos dulces, porque esa soy yo, el amor para mí es un poema, es dulzura.

—¿Soy tu príncipe? —preguntó esperanzado.

La sonrisa cantarina de Pearl inundó su alma.

—No se lo digas a su majestad, pero ahora eres mi rey, al único que le ofrezco mi lealtad. Te amo, Osbert. Cuando fui en tu búsqueda al castillo de Bamburgh iba tras un sueño, ahora eres mi realidad, y te doy mi palabra de que haré todo lo que esté en mis manos para ser la mejor duquesa de Cambridge.

—Solo ámame…, solo quiéreme, rodéame con tu luz, no permitas que la oscuridad me alcance —le pidió dejándole ver el tormento que había albergado por tanto tiempo en su interior.

—Seré tu esposa cuando lo dispongas —respondió antes de buscar sus labios y rozarlos con los suyos.

Osbert escuchó a lo lejos el sonido de una trompeta, era la señal que estaba esperando para llevar a su prometida de vuelta al salón. Se separó a regañadientes abandonando sus dulces labios, sonriéndole con picardía al verlos un poco hinchados por el beso.

—Regresemos, ya hemos estado más tiempo del adecuado —le dijo ayudándola a ponerse de pie.

Osbert caminó a su lado, por primera vez en su vida nervioso e inseguro, rezando porque ella no tomara a mal su decisión de entregarle la sortija de compromiso frente a los invitados, quería que toda la nobleza supiese de sus pretensiones.

Pearl se extrañó un poco del repentino silencio a su alrededor, estaba a punto de comentarlo con Osbert cuando, al entrar al salón, vio con sorpresa a los invitados, apostados a ambos lados de la pequeña tarima donde había sido ubicado el grupo musical que amenizaba la fiesta. Se volteó para mirarlo en busca de respuestas. Él le sonrió, urgiéndola a seguir al encuentro de su padre y sus hermanos, que ya estaban de pie sobre la tarima al lado de Antonella y de Alice.

Antonella le hizo una señal con su abanico a Sterling para que hicieran un lugar para los novios, dio un paso al frente antes de dirigirse a los invitados, que miraban expectantes hacia la tarima.

—Es un honor para los duques de Wessex anunciar el compromiso del duque de Cambridge con lady Pearl Exeter. —La voz de Antonella se escuchó por todo el salón—. Única hija del conde de Exeter. Su excelencia ha escogido esta noche para entregar a su prometida la sortija que por muchas generaciones ha lucido la duquesa de Cambridge.

Se escucharon los aplausos y los vítores de algunos caballeros ya achispados por el whisky y el champán. Ya se rumoreaba en cada esquina del salón que los duques de Wessex se habían superado en la exquisita velada, donde los lacayos llenaban las copas y se desplazaban por todos lados con sus levitas negras atendiendo personalmente a los cientos de invitados.

Osbert se acercó a la tarima y subió las dos escalinatas junto a Pearl, quien se sentía apabullada ante el inesperado anuncio. Se giró temblando, pero, al ver la sonrisa de Abby entre los invitados, se irguió sonriente; pudo leer en sus labios su sentir, su amiga le decía que era su noche, y ella asintió feliz. Osbert se paró al lado de Antonella sin soltar el brazo de su prometida, había sentido su temblor en el momento del anuncio, deseaba que se sintiera arropada por su presencia, que supiera que él jamás permitiría que la lastimasen de ningún modo.

—He regresado a Londres después de una larga ausencia con el firme propósito de darle al castillo de Bamburgh una señora. —Se giró para mirar con adoración a Pearl, lo que hizo suspirar a muchas damas presentes—. Lady Exeter ha sido la elegida para llevar mi nombre. —Tomó el delicado anillo del estuche que Antonella sostenía—. Con este anillo, que por generaciones ha pertenecido a la casa de los Cambridge, queda sellado mi compromiso con usted y su familia. —Osbert introdujo la majestuosa sortija, con una esmeralda en forma de pera del mismo diseño que su tiara, rodeada de pequeño anillos. Pearl supo de inmediato que el anillo y la tiara habían sido diseñados para lucirse juntos, amó su sortija en su dedo, no pudo evitar una sonrisa radiante de felicidad al verla relucir contra su piel perlada.

—No levanten sus copas hasta que yo no tenga la mía entre mis manos para hacer el brindis que, como padrino de los esponsales, es mi deber.

La voz del marqués de Wessex retumbó en el salón, los invitados quedaron en silencio ante el azoro de ver descender por las escalinatas al hijo pródigo de los duques de Wessex. Quien bajaba las escaleras no era para nada el caballero que se había ido de Londres, descendía un hombre con una presencia arrolladora; aunque su piel estaba un poco más tostada de lo usual, los años le habían conferido a su rostro una dureza que no había estado antes allí.

Antonella casi cae de rodillas al ver a su hijo al pie de las escaleras, tuvo que recurrir a toda su entereza para no echarse a llorar y correr a sus brazos. Apretó fuertemente el abanico entre sus manos.

Andrés se negó a saludar a nadie a su paso, su vuelta a Londres no era para integrarse a la vida social, entre más alejado estuviese de todos ellos, mucho mejor. «¡Hipócritas!», pensó con desdén mientras cruzaba el salón con paso decidido. Le había tomado tiempo decidirse a venir, Osbert le había contado sus intenciones, al final había decidido asistir a la fiesta; no solo estaría al lado de Osbert en un momento muy importante, sino que además le daba la oportunidad de ser visto, quería que Londres supiera que el marqués de Wessex había regresado.

Se acercó a la tarima y, para sorpresa de todos, se dirigió directamente hacia su madre, a la que besó largamente en la frente sin importarle que no estuviese bien visto tal expresión de afecto en público, había muchas cosas que el marqués de Wessex ya no estaba dispuesto a seguir; en todos esos años en alta mar, lo único que había temido era morir sin poder abrazar por última vez a la mujer que muchas veces se había quitado su tiara de diamantes y enviado solo a su padre a una velada porque él estaba enfermo, amaba profundamente a su madre.

—Nuevamente ante la presencia de la mujer más hermosa del reino, y la mejor madre de todas —le murmuró para que ella lo escuchara.

—Dime que has regresado para quedarte —respondió aferrándose a su brazo.

—No podía estar más tiempo sin mi torta de ángel —le respondió mirándola con devoción. Andrés solo podía recordar momentos sublimes al lado de su madre, especialmente, en las noches cuando tenía pesadillas y ella lo arrullaba entre sus brazos. Al mirarla, solo estaba su madre incondicional. La volvió a besar en la frente antes de girarse a Osbert, que no perdía detalle del esperado encuentro.

—Déjame brindar por ti —le pidió fundiéndose en un caluroso abrazo con él.

—Eres el padrino —le recordó.

Un lacayo les entregó las copas mientras se escuchaban los rumores entre los invitados. Los hermanos y el padre de Pearl intercambiaban miradas, la llegada del marqués había sido una verdadera sorpresa para todos.

Andrés se acercó a Pearl y besó su mano, Osbert los presentó antes de que Andrés regresara su atención a los invitados, su mirada se volvió fría antes de comenzar el brindis.

—Mi amistad con el duque de Cambridge es legendaria, por eso no podía dejar de estar presente en una noche tan especial para él y brindar por su felicidad.

—Andrés recorrió con distancia a los presentes, sus ojos azules chocaron con los violáceos del duque de

Saint Albans y se mantuvieron allí imperturbables, totalmente indiferentes.

Levantó su copa con sus ojos clavados en los de Evans.

—Brindo por la amistad, esa que se cimenta en la confianza de que jamás serás traicionado. Brindo esta noche por una nueva oportunidad llena de buena esperanza para el duque de Cambridge y la dama que él ha escogido para caminar junto a él por ese sendero. —Andrés se giró a encontrar la mirada de Osbert y alzó su copa—. Brindo por los duques de Cambridge, larga vida para ellos.

Un fuerte vitoreo se escuchó en el salón mientras en la tarima Pearl era abrazada por su padre y sus hermanos. Andrés se abrazó nuevamente a su madre, pero fue interrumpido por su padre quien, sin importar lo que pudiesen pensar sus pares, abrazó a su hijo con fuerza, incapaz de todavía creer que lo tuviese de nuevo entre sus brazos.

—Bienvenido a casa, hijo mío —le dijo mirándolo con emoción.

Osbert aprovechó que sus cuñados rodeaban a su novia para acercarse a Andrés, había visto la reacción de Evans ante la presencia de su amigo y no podía dejar de sentir aprensión, había mucha amargura de por medio y temía un enfrentamiento violento entre los dos hombres.

—Gracias por venir —le dijo frente al duque de Wessex y Antonella.

—Me retiro a mi casa de campo, avísame la fecha de la boda —respondió.

—¿Te vas al campo? —preguntó preocupado el duque de Wessex.

—Necesito poner algunas cosas en orden —le

contestó evasivo—, mientras tanto mi madre... —le tomó la mano a Antonella llevándosela a los labios— puede escoger entre todas las damas casamenteras presentes a la futura marquesa de Wessex.

—¿Estás seguro de querer un matrimonio de conveniencia? —preguntó el duque, preocupado.

—Querido, deja eso en mis manos —intervino Antonella con sutileza para que su marido no interfiriera en sus planes.

El duque clavó su mirada en la de su mujer, «¿qué estás tramando, Tella?», pensó inquieto.

—No quiero conocer a la dama hasta el día del matrimonio —respondió Andrés sin ninguna emoción—. Te agradecería, padre, que gestionaras por mí el contrato matrimonial —dijo sorprendiendo más a su padre ante la frialdad con la que tomaba una decisión tan importante.

—Me encargaré de todo —respondió sonriéndole encantada.

—Pienso lo mismo, Antonella sabrá escoger una buena compañera para Andrés —intervino Osbert.

El duque de Wessex volvió a mirar a su mujer antes de llevar la vista a Osbert, ahora sí no tenía duda de que estaban tramando algo. Que Dios se apiadara de ellos, no solo debía preocuparse por la felicidad de su único hijo, sino que también debía estar atento a que su mujer no asesinara a varias personas del reino; Antonella sería capaz de cualquier cosa si alguien intentaba de nuevo separarla de su hijo.

Entre ellos había un gran amor, pero Andrés era el alma de su mujer, había tenido que recurrir a toda su astucia para evitar que cometiera alguna barbaridad. A pesar de lo que pudiesen pensar, él estaba enterado de todos los pasos que daba su mujer, por eso tenía muy claro de lo que ella era capaz, los hombres a los cuales pagaba para mantenerla a salvo se ganaban muy bien sus honorarios.

Asintió uniéndose al regocijo del inesperado compromiso, disfrutando de su hijo, ya habría tiempo de averiguar qué se proponía su mujer…, qué escondía su hijo.

# Capítulo 24

La temporada pasó en un suspiro para Pearl, su prometido la acompañó a todas las veladas más importantes, había disfrutado de cada momento. Un fin de semana organizado por la marquesa de York en su mansión campestre había sido uno de los momentos que atesoraría con más cariño, Osbert y ella habían dado largas caminatas a través de la campiña, donde habían tenido la oportunidad de hablar sobre el pasado de Osbert y conocerse mucho mejor. Lo único que a ella le intranquilizaba era su noche de bodas.

Abby no había sido de gran ayuda y ella no se atrevía a poner el tema con sus nuevas amistades, le parecía algo demasiado íntimo. Había decidido preguntar a sus hermanos, pero, para su consternación, el día que los había abordado en la biblioteca de su casa habían salido casi despavoridos, poniendo miles de excusas. Tendría que ir a ciegas y rezar para no decepcionar a Osbert. Pensó en los negligés que le había vendido madame Coquet al principio de su cacería y sonrió con picardía.

Una doncella la estaba ayudando a arreglar en el día más importante de su vida. Se casaba por fin con Osbert en la tradicional capilla de Westminster, rodeada de sus hermanos y de sus amistades. Había insistido en usar la tiara de esmeraldas que su prometido le había dado como promesa de lo que él sentía. Mirándose en el espejo, supo que esa tiara la acompañaría en los momentos más importantes de su vida matrimonial.

—Milady, está hermosa —le dijo la doncella, emocionada.

—¡Oh, querida el velo es un sueño! —exclamó Alice adentrándose sin tocar en la habitación.

—Estoy de acuerdo, señora —aceptó la doncella inclinándose a arreglar el velo.

—Tu padre está esperando abajo, ya los carruajes están listos para partir —les anunció.

—Me hubiese gustado que madre hubiese estado aquí —respondió con emoción.

—Lo está…, tu padre ha cumplido su promesa. No tengas ninguna duda de que estará sonriendo desde el cielo —le dijo besando su coronilla mientras admiraba sus rizos pelirrojos sobre el blanco vestido de novia.

Osbert caminaba de un lugar a otro en el púlpito de la catedral. Andrés, de pie, dándole la espalda a los invitados, lo miraba divertido.

—Si no te detienes, le harás un hueco al piso —señaló.

—Ya veremos cuando te toque —respondió deteniéndose a su lado.

—No será lo mismo.

—¿De verdad no quieres conocer a tu futura esposa? —preguntó mirándolo con intensidad.

—Me es indiferente quién esté ese día bajo el velo de novia —respondió con frialdad.

Osbert iba a responder a su comentario cuando la

melodía del piano de la catedral comenzó a sonar. Se giró y en la puerta pudo ver a su pequeña ninfa, oculta entre metros de tul. Sonrió aliviado, por fin esa noche dormiría en sus brazos, sería suya de todas las maneras posibles.

—Su excelencia. —El sacerdote le llamó la atención.

—Discúlpelo, padre, está nervioso —respondió en tono de broma Andrés.

—No lo estoy —murmuró entre dientes.

—Sí, lo estás —se burló Andrés.

—Caballeros, les recuerdo que están en la casa de Dios —les recordó el sacerdote mirándolos con seriedad.

—Perdone, padre —se disculpó Osbert, avergonzado mientras Andrés se hacía el desentendido.

La ceremonia fue breve en comparación con otras a las que había asistido, pero había sido como siempre había imaginado que sería su boda, su madrina había cuidado hasta el último detalle y le estaría eternamente agradecida; aun con su manera peculiar de ser, Alice era lo más cercano a una madre para ella.

El beso fue tierno, sin embargo, ella pudo vislumbrar en su mirada un brillo especial que le erizó el cuerpo. Su madrina había dispuesto una cena para los amigos más íntimos en su hogar, su padre había hecho abrir el salón más grande para agasajar a los invitados. Pearl solo probó alguno que otro bocado, los nervios estaban a punto de traicionarla, sentía la mirada penetrante de Osbert sobre ella. Esta vez era distinto, podía sentir algo fuerte y turbulento en sus ojos y, aunque la mantenía en vilo, una parte de ella quería saber de qué se trataba.

Se miraron en silencio mientras los demás comensales hablaban.

Sorpresivamente, Osbert se incorporó de la mesa, agradeció la presencia de todos y le extendió la mano a Pearl para que se levantara.

—Querido, la doncella la ayudará a cambiarse —intervino Alice sin ocultar una sonrisa maliciosa que compartió con la vizcondesa de Poole, sentada a su lado.

—Descuida, tía, nuestro carruaje nos está esperando, la duquesa de Cambridge desde ahora es mi responsabilidad —respondió seco.

Osbert tomó la mano de una sorprendida Pearl y con ella casi a rastras salió del salón. Los invitados intercambiaron miradas socarronas, pero Marcus estalló en una sonora carcajada seguido de Sterling y, para sorpresa de muchos, Andrés se unió.

—Mi cuñado es un verdadero ángel. Porque si hubiese sido yo…

—¡Marcus! —lo amonestó su padre, descompuesto.

—Cuando se abra el grifo no habrá quién lo cierre —le murmuró Marcus a Andrés, que tuvo que hacer un gran esfuerzo para no escupir el vino sobre el plato. «Joder, con el cuñado de Osbert», pensó divertido con la situación.

Pearl le siguió en silencio, pero el velo la hizo tropezar. Osbert la levantó en sus brazos haciéndola sonreír.

—Cómo extrañaba esto —le susurró al oído, sonriendo al escucharlo gruñir—. No hay nada mejor que estar en tus brazos.

—Créeme, todavía hay cosas mucho mejores —le dijo caminando decidido por el sendero que los llevaba frente al carruaje.

Ella se aferró más a su cuello acariciando su mejilla

con la punta de la nariz, Osbert se detuvo a unos pasos del carruaje, incapaz de dar un paso más.

—Pearl...

—Hum —respondió mientras continuaba olfateando su olor único y adictivo.

—Ninfa..., si no te detienes, me temo que ya no podré frenarme —susurró íntimamente.

—No entiendo...

Pearl elevó sus verdes ojos para encontrar la mirada intensa que había visto otras veces a lo largo de los meses y que le inspiraba sensaciones desconocidas. Temía y a la misma vez anhelaba aquella mirada.

—Su excelencia —interrumpió el cochero acercándose, creyendo que Osbert necesitaba ayuda.

Se miraron en un silencio cargado de promesas, «tengo hambre de ti, ninfa», pensó antes de continuar entrando en el amplio carruaje con Pearl en los brazos. Se acomodó en los cojines satinados de color burdeos abriendo un poco sus largas piernas y sentó a Pearl sobre ellas; el vestido estaba por todos lados, pero era lo que menos importaba en aquel momento.

Osbert se adueñó de su boca y, al contrario de las veces anteriores, esta vez la degustó a conciencia, obligándola a entregarle su lengua, la que chupó con ansias, provocando gemidos de su esposa. La separó de sus labios buscando su mirada, preocupado.

—Te deseo... y tengo miedo de lastimarte con mi necesidad de ti —le confesó casi sobre sus labios.

—No sé qué hacer —admitió poniendo su frente sobre la de él—, no quiero decepcionarte.

El corazón de Osbert se derritió en su pecho.

—Aunque muera en el intento, te prometo que será una experiencia placentera para ti —prometió mordisqueando su labio inferior.

—¿Tendré que estar desnuda? —preguntó sonrojándose, esquivando su mirada.

—Es imprescindible —respondió sonriendo con picardía.

—¡Osbert Ponsoby! ¿Te estás burlando de mí? —le preguntó con los ojos sonrientes.

—Jamás —respondió feliz antes de volver a besarla con pasión sin esconder la necesidad que tenía de ella.

Jarvis esperaba con impaciencia la llegada de su señor, todavía no se acostumbraba a Londres, extrañaba el castillo. King, a su lado, miraba con la cabeza ladeada la puerta de la entrada.

—Tendrás que acostumbrarte a la señora, ya no podrás entrar al cuarto del señor cuando te dé la gana.

—*Ella es una dama, no como su amiga Queen, que no tiene pudor ni vergüenza* —le ladró exasperado por saber si la cachorra sin modales viviría con ellos, no había podido olvidar sus caricias.

—Es mejor que te acostumbres a la nueva señora y a su perra, ambas serán parte de la familia —respondió Jarvis sin tener idea de los deseos del setter.

King se sentó en sus dos patas traseras, llevándose una pata a la cara. Los años de tranquilidad y sosiego habían terminado, las damas lo único que traían a la vida de los caballeros era caos y desorden.

Osbert entró en la mansión ignorando a Jarvis, quien levantó una ceja al verlo subir las escalinatas casi corriendo.

—Quieto —le dijo a King, que se disponía a seguirlo—, el que entre en ese cuarto y lo interrumpa es hombre muerto —le dijo sujetándolo por el collar de oro que llevaba en el cuello.

Osbert deseaba darle tiempo, tenía las mejores intenciones del mundo, pero la curiosidad de su esposa no le ayudaba. Le había desecho el lazo que su ayudante de cámara había creado con tanto esmero para la boda mientras recorría su cuello con su pequeña nariz, en efecto, su colonia era un afrodisiaco para ella. El que fuera tan menuda no ayudaba en absoluto, poderla sostener con facilidad le daba ideas que ciertamente pondrían a temblar a su esposa.

—Enviaré a alguien para que te ayude —le dijo dispuesto a dejarla sobre la amplia cama llena de almohadones.

—No te vayas —ronroneó contra su cuello, rechazando que se marchara, aunque solo fuese por unas horas.

No quería que se rompiera la burbuja dentro de la que se habían sumergido desde que habían abandonado la cena tan tempestuosamente.

—Desnúdame… —lo incitó, desesperada por mantenerlo a su lado.

—¿Estás segura? —preguntó con su voz enronquecida.

—Pearl…, ahora mismo lo que deseo es desnudarte y tenerte entre mis brazos —le dijo atormentado mientras la bajaba con suavidad sobre los cojines.

—Si te vas, me pondré muy nerviosa y terminaré bajo la cama, y me niego a dar ese espectáculo el día de mi boda —dijo lastimosamente levantando su rostro para mirarlo con un puchero.

A Osbert se le llenó el pecho de ternura, sonrió al ver su carita sonrojada y suplicante.

—No tienes nada que temer, mi ninfa —le aseguró

acariciando su nariz con la suya.

—No quiero enfermar por la ansiedad a lo desconocido.

Osbert besó sus labios con veneración.

—Te amo más de lo que las palabras pueden expresar, te has convertido en mi única razón de vida —dijo con suavidad sobre sus labios—. No hay nada más importante que tú.

—Ahora me vas a hacer llorar. Y me pondré horrible —le reprochó intentando que las lágrimas no resbalaran por sus mejillas—. Tengo mucho miedo de despertar y que todo sea un sueño —le confió aferrándose más a sus hombros.

—Te demostraré, esposa, que soy muy real. —Sonrió seductor soltándose de su amarre, dejándola sobre los cojines.

Osbert dio varios pasos hacia atrás y, sin apartar la mirada de Pearl, terminó de quitarse el lazo, luego prosiguió con su elegante casaca color negra y su camisa en seda blanca fue lo siguiente. Cuando los botones comenzaron a abrirse y Pearl vio el cincelado pecho de su marido, sus ojos se abrieron escandalizados y los cerró deprisa.

Osbert la miró divertido mientras se quitaba los zapatos con descuido y abría los botones de su pantalón.

—¿No deseas conocer mi cuerpo? —le dijo seductoramente.

Pearl abrió lentamente sus ojos, clavó la vista en la mano de su marido, que en esos momentos descansaba en una protuberancia enorme bajo sus calzones. Abrió la boca por la sorpresa, «¿qué demonios tiene allí?», pensó con preocupación.

—Ahora déjame ayudarte a quitarte el vestido y el velo..., quiero ver ese glorioso cabello rojizo desparramado por mi cama —le dijo acercándose.

Pearl le extendió la mano para intentar ponerse de pie.

—¿Tengo que quitarme todo? —preguntó elevando su rostro mientras intentaba enderezarse.

Osbert asintió haciéndola girarse para comenzar por la tiara. Con toda la delicadeza que pudo fue sacando las horquillas, envolvió la tiara entre el tupido velo y sin cuidado los tiró sobre la butaca.

—¿La tiara? —preguntó preocupada.

«Me importa una mierda la tiara —pensó mientras seguía quitando horquillas del cabello, dejando que los rizos resbalaran hasta la mitad de la espalda de su esposa—. No sé cómo poder contenerme para no morderla con mi ansiedad», pensó tensando la mandíbula. El traje cayó a los pies de Pearl y a Osbert se le hizo agua la boca, se puso de rodillas a su espalda y se aventuró a deshacerse de los pololos, el respingo de ella le hizo sonreír. Pensó que se rehusaría, pero se mantuvo en silencio mientras él los bajaba por sus piernas.

Se quedó mirando embelesado sus piernas torneadas, «es una belleza», pensó distraído. Su mano sana se aventuró a acariciarla ascendiendo con lentitud por la pantorrilla, el suspiro de ella ante su inesperada caricia le dio confianza para continuar subiendo.

—Osbert —gimió con deleite.

—Tengo que quitarte las medias —dijo con dificultad abriendo la primera liga, dejando que la media descendiera. Su boca alcanzó su muslo y lo besó mientras se ocupaba de la otra liga. Los jadeos de sorpresa de su mujer no se hicieron esperar—. Déjame amarte…, entrégame tu virginidad, déjame presenciar el momento justo en el que te conviertes en mujer, mi mujer. —Su voz cargada de pasión erizó todo el cuerpo de Pearl, cerró los ojos y le dejó hacer, ya no tenía fuerzas para negarse a nada.

Cuando llegó el momento de su camisola, levantó los brazos obediente, el cuerpo de su marido a sus espaldas estaba caliente, las manos de Osbert sujetaron sus caderas aproximándolas más a él. Cuando llegaron a sus pechos, dejó caer la cabeza hacia atrás rendida, entregándose a esas sensaciones tan avasalladoras que le quitaban el aliento.

Esto era lo correcto: los brazos de su marido en torno a ella haciéndola suya para siempre. Cuando la levantó en vilo estaba preparada para yacer junto a él en la cama, por ello, cuando él de un manotazo echó al piso todo lo que había en un aparador de roble oscuro próximo a la chimenea, se asustó.

—Creo que será mejor aquí…, eres demasiado pequeña, ninfa, no quiero que vayas a ciegas a nuestra primera experiencia como amantes.

—¿Qué quieres decir? —preguntó tartamudeando al sentir la frialdad del mueble sobre sus nalgas cuando su marido la sentó sobre este.

Osbert abrió sus blancas piernas y se acomodó en el centro, en aquella posición tendría más control de la penetración y, si fuese necesario, la tomaría en brazos.

—¿Osbert? —Buscó su mirada aferrada a su cuello.

—Te dolerá, ninfa, esta vez habrá dolor… —acarició su cabello mientras mordisqueaba su labio inferior.

—¿Y luego? —quiso saber, con los nervios de nuevo a punto de traicionarla.

—Placer…, un momento sublime que ambos compartiremos. Subiremos al cielo juntos —le prometió.

—Subamos —le pidió tomando su rostro entre sus dos manos, besándolo con verdadera adoración—, quiero que me lleves a ese cielo, te amo tanto que duele —le dijo con arrebato.

Osbert simplemente llegó al límite de sus fuerzas y arrasó su boca, hambriento, bebiendo de su aliento, fundiéndose en ella. Abandonó sus labios y lamiendo a ciegas su oreja, arrancándole un grito agónico, con su mano sana se bajó el calzón, que cayó a sus pies. Su entrepierna, erecta, gritaba por atención, sentía el líquido preseminal en su glande, había esperado mucho por ella, su deseo era demasiado intenso.

Su cuerpo descendió en busca de alimento, y goloso acogió uno de sus hermosos pechos en su boca, lo chupó a conciencia alimentándose; pasó al otro y lo devoró, mientras los gemidos de placer de su esposa lo estaban volviendo loco.

—Esto es pecado —murmuró Pearl con los ojos en blanco, mientras su cabeza se inclinaba hacia atrás.

—Pequemos, ninfa —le dijo entre sus pechos.

Osbert deseaba probarla, lamer su vulva hasta que no quedara lugar de ella sin conocer, pero sabía que era una caricia demasiado íntima para ese momento, su necesidad de probar su femineidad tendría que esperar. Con su mano enguantada, atrajo con desesperación sus labios nuevamente hasta su boca, se miraron con sus respiraciones agitadas.

Pearl sintió su mano sobre su humedad y se quedó sin aliento ante la íntima caricia, sus dedos se empaparon de sus jugos. Osbert se llevó dos dedos mojados hasta sus labios y los lamió con su mirada clavada en ella, se regodeó de orgullo al ver la pasión reflejada en los hermosos ojos verdes de su joven esposa.

Su mano regresó a continuar su caricia, cada vez más íntima, mientras su mano enguatada la sostenía por la parte trasera de su cabeza, tenía que estar seguro que estaba lo suficientemente preparada para entrar en ella. Su dedo medio y el índice fueron descubriendo su intimidad, los gemidos de aceptación lo estaban llevando al límite.

—Por favor… —suplicó Pearl contra su boca, sin saber exactamente lo que pedía.

Su cuerpo estaba en llamas, no tenía capacidad para negarle nada a su marido. Abrió las piernas sobre el aparador para darle más acceso y, al escuchar su gemido de aprobación, se volvió más osada y le soltó su lazo, dejando su largo cabello esparcirse por su dura espalda; introdujo su mano entre el frondoso cabello y lo acarició.

—Pearl…

—Déjame tocarte —suplicó.

—Mírame —le pidió agónico—, necesito entrar en ti.

—¿Qué te detiene? —preguntó besándolo en el cuello, como él lo había hecho con anterioridad.

Osbert llevó su mano mojada hasta su entrepierna y la acarició de arriba abajo acercándola al centro mojado de su mujer, se aseguró de lubricarlo bien antes de comenzar la expedición más importante de su vida, nada se comparaba con lo que estaba sintiendo al hacerla suya, tener sus cuerpos totalmente unidos lo estaba llevando a un estado de placer que jamás había experimentado.

—Te amo —susurró ella contra su oído mientras lo sentía invadir su tierna intimidad—. Dime qué hacer —le pidió acalorada.

—Dios…, estás tan mojada y aun así, demasiado estrecha —dijo con voz estrangulada por el deseo.

—No te contengas.

—No sabes lo que me pides —respondió desesperado

—Solo sé que deseo sentirte.

—¿Estás segura? No deseo hacerte daño —le dijo atropelladamente contra su boca.

—Hazlo —le ordenó abrazándose más a su cuerpo.

Eso fue lo último que pudo pronunciar antes de que con una fuerte estocada él entrara por completo en su interior, el gritó de Pearl seguramente se escuchó por toda la mansión. Osbert la levantó abrazándola a su cuerpo mientras se acomodaba más en ella. La besó por el hombro intentando calmarla, susurrándole palabras de aliento. Pero el deseo era implacable y cuando su esposa comenzó a moverse contra él, todo perdió sentido. La recostó nuevamente en la orilla del aparador y comenzó a embestirla mientras se devoraban en un beso profundo, completo, de entrega. Cuando sintió sus uñas clavarse en su espalda y un gemido fuerte de placer salir de su garganta, perdió el aliento al ver en su rostro la belleza de su primer orgasmo.

Pearl abrió los ojos con sorpresa y encontró los de su esposo que, con estos clavados en ella, se derramó por completo en su interior perdiendo el control de su cuerpo, su cabeza cayó hacia atrás mientras gritaba su nombre.

Osbert la abrazó a él con fuerza mientras respiraban agitados, incapaz de pronunciar ninguna palabra.

La habitación estaba en penumbra, solo iluminada por el fuego de la chimenea. Osbert giró un poco el rostro sobre la almohada para mirar el manto de cabello sobre su brazo, sonrió con ternura al recordar las pasadas horas en que su ninfa había puesto toda su confianza en él dejándolo explorar su cuerpo. Su sonrisa se ensanchó al escuchar un ronquido, «así que no eres perfecta», pensó travieso mientras quitaba los rizos de su cara.

Con cuidado la fue apartando de su pecho, acomodándola sobre las almohadas como si fuese su mayor tesoro. Se inclinó y la besó en la frente antes de salir de la cama. Prendió la lámpara de Voltaire, que estaba sobre la mesa de noche, se quedó allí mirándola en la penumbra sin todavía creer que ya le pertenecía por entero. Pearl era ahora su esposa, pero lo más importante, era la dueña absoluta de su corazón.

Osbert recorrió la estancia buscando su batín que, como siempre, Jarvis dejaba sobre la butaca cercana a la chimenea donde le gustaba leer. Volvió a sonreír al ver una nueva butaca instalada frente a la suya, suponía que sería para la duquesa de Cambridge. Había sido tajante al ordenar que todas las pertenencias de su esposa fueran puestas en su habitación, ya había estado mucho tiempo solo, quería a su joven esposa entre sus brazos cada una de las noches que le restaba de vida.

Se obligó a salir de la habitación para dejarla descansar, se dirigió a buscar a su mayordomo mientras cerraba su batín para ocultar su desnudez. Sus pies descalzos bajaron las escaleras, se pasó la mano por el largo cabello retirándolo de su rostro.

Se deleitó al ver a King subiendo deprisa a su encuentro, acarició su cabeza.

—*¿Qué hiciste? ¿La mataste? Sus gritos se escucharon aquí* —le ladró preocupado el setter.

—Tranquilo, amigo.

Queen corrió al encuentro de King, quien se sentó en su dos patas mirándola serio.

—Ya estás aquí —la saludó Osbert.

—*Me dijo que seremos familia* —le ladró King con cara de pocos amigos.

—*¡Somos más que familia!* —le ladró Queen acercándose molesta.

—Debes casarte, amigo —dijo Osbert terminado de bajar las escalinatas en busca de Jarvis.

—*Ya escuchaste, viejo gruñón* —le ladró Queen.

—*Hace algunas horas no te parecía viejo* —le ladró King pasando por su lado.

Queen se giró mirándole la entrepierna y relamiéndose de gusto.

—Señor —saludó Jarvis evitando la mirada del duque, los gritos de la duquesa eran la comidilla de la servidumbre.

—Que suban una bañera para la señora y algo de comida, estoy hambriento.

—¿Algo más?

—Que preparen los carruajes, mañana a primera hora saldremos para Bamburgh.

—Pero…

—Quiero estar a solas con mi esposa —respondió en un tono que no admitía réplicas.

—Me pondré en ello de inmediato.

—Verifica que los perros estén seguros —le recordó mirando a la pareja de setters que le observaban.

Osbert se giró para regresar a la habitación seguido por los perros. Al subir las escaleras vio a su esposa sentada en el último escalón con toda su cabellera rebelde sobre su cuerpo, sonrió y fue corriendo a su encuentro, se arrodilló para estar a su altura.

—¿Nos vamos mañana? —le preguntó ella acariciando sus mejillas.

Osbert asintió inclinándose a besarla.

—Comenzaos nuestra vida en Bamburgh —le dijo

Pearl.

—Mañana los duques de Cambridge parten a su nueva vida —respondió incorporándose, tomándola en sus brazos.

Osbert había encontrado la esperanza de vivir cuando menos lo esperaba, la luz entró a su vida cegándolo, haciéndolo comprender que mientras quedara un soplo de vida había esperanzas. El amor llega a veces de quien menos lo esperamos, el príncipe de Pearl no era azul, le tocó uno un poco chamuscado, sin embargo, fue él y no otro el que conquistó su corazón.

# Epílogo



Jarvis miraba con preocupación la puerta de la cocina, el castillo estaba por primera vez en años lleno de invitados, su señora había querido traer al castillo el esplendor de antaño. En lo personal, le parecía fantástico si no fuese por el detalle de que la duquesa estaba a punto de dar a luz al primogénito de su señor. El duque estaba muy preocupado, y no era para menos, la señora casi no podía caminar, pero se había empecinado en invitar a sus nuevas amigas al castillo para celebrar la Navidad.

La duquesa de Ruthland y la duquesa de Grafton ya estaban instaladas con sus familias, en unas horas llegaría la duquesa de Cleveland con sus hijos. Estarían casi un mes disfrutando de la nieve.

—Jarvis, al fin te encuentro. —Alice entró a la cocina buscando las bandejas de dulces.

—No me imagino para qué —le contestó destapando una bandeja de plata para que escogiera los dulces.

—¿Por qué no pasas por mi habitación esta noche? —Alice le miró seductora, lo que puso alerta al mayordomo.

—Le recuerdo que casi me mata la última vez —contestó con sarcasmo.

—Necesitaba una cabalgata, pero esta vez te dejaré a ti cabalgar la yegua —le respondió metiéndose un gran bollo de nata en la boca, luego se pasó la lengua por el labio inferior seductora—. Te espero —le dijo tomando otro bollo para marcharse.

Jarvis miró las anchas caderas de la mujer mientras se disponía a salir de la cocina, se relamió ante el recuerdo de lo bien proporcionada que estaba la baronesa, tenía unas piernas regordetas que lo hacían salivar.

—Si tengo que morir, que sea en la lucha —se dijo a sí mismo infundiéndose valor.

Unos gritos en el salón lo sacaron de sus perturbadores pensamientos, se dispuso a salir a ver lo que sucedía cuando la baronesa volvió a entrar con el rostro desencajado.

—Deprisa, Jarvis, busca al vizconde de Hartford, que está en la biblioteca con Osbert, Pearl ha roto fuente en el salón —le dijo Alice angustiada—. Esta niña todo lo hace en grande, en plena Nochebuena —dijo mientras corría de regreso al salón.

—Vamos, Pearl necesitamos subirte a la habitación. —Intentó moverla la duquesa de Grafton.

Pearl sentía la espalda como si se la estuviesen golpeando. La presión en la parte baja de su estómago era tan fuerte que le quitaba el aliento.

—No podré subir —balbuceó sujetándose con fuerza a la butaca.

Se sentía mojada, pero no podía hacer nada para ayudarlas, el dolor era muy intenso. «Por favor, Dios mío, permíteme traer a mi hijo al mundo», pensó angustiada.

Los gritos de su marido trajeron sosiego a su cuerpo, jamás había sentido tanto alivio cuando sus miradas se encontraron. Solo atisbó a estirar su mano antes de que otra contracción la hiciera gritar tensando el cuerpo.

Osbert se abalanzó sobre su esposa y la levantó sin esfuerzo a pesar de su abultado vientre, había sido un suplicio para él desde el mismo instante en que le dijo que estaba embarazada. Su amigo Alexander le había contado del doloroso parto de su esposa y había sembrado en su corazón el miedo a perderla.

Mientras subía con ella en brazos, seguido del vizconde de Hartford y su ayudante, se juró que este sería su único embarazo.

—Todo va a salir bien, ninfa —le dijo intentando reconfortarla.

—Ponla sobre la cama —le ordenó Arthur—. Mi maletín —apremió a su ayudante.

—Arthur…

—Sal, Osbert —le ordenó mientras organizaba un poco la cama, se quitaba su casaca y arremangaba las mangas de su camisa—. Necesito agua caliente, sábanas limpias —le urgió volviéndose a mirar a la joven, que había vuelto a tener una fuerte contracción.

—Dejo mi vida en tus manos… —le dijo sin ocultarle su angustia ante el sufrimiento de su esposa. Arthur lo miró viendo el mismo infierno que él todavía sentía en cada hueso de su cuerpo. Asintió sin poder contestarle.

—Su excelencia, es mejor que deje al doctor trabajar —le urgió Louise intentando abrir más sus ojos.

—Deprisa, Louise, quítale la ropa.

La joven aprovechó que la dama estaba un poco más tranquila y le abrió el vestido y la dejó en la camisola.

—Louise, ¿has visto un parto? —preguntó Arthur mirándola preocupado.

—No, señor —respondió acomodando más a Pearl sobre los cojines.

—¿Quieres salir? —preguntó inseguro.

—No, señor, prometí ser la mejor ayudante —contestó decidida.

Arthur se sintió orgulloso de su joven asistente albina, asintió señalándole su maletín para que pusiera todo en orden mientras él revisaba a la duquesa.

Varias doncellas entraron con baldes de agua caliente, Louise se dispuso a desinfectar las herramientas de trabajo del doctor como él le había enseñado, no dejaba de mirar con asombro como él había abierto las piernas de la duquesa y las había separado. Los dolores regresaron y le hicieron gritar en agonía.

Artur introdujo su mano con lentitud y palpó de inmediato la cabeza del niño, sonrió levantando la cabeza.

—Cuando yo le diga, milady, puje con ganas, ya lo tenemos cerca —la animó—. Prepare una toalla —le indicó a su asistenta.

—¡No puedo, doctor! —gritó Pearl angustiada.

—Vamos, milady, allá abajo espera un hombre que confía en usted para traer a su heredero al mundo —le recordó, apelando al gran amor que sabía que sentía por su amigo.

Pearl se incorporó en sus dos codos, su mirada se encontró con los ojos azules de Arthur y pujó con todas sus ganas. El grito del niño la hizo sonreír, llena de un alivio inmenso.

—¡Dios mío! —exclamó Arthur—. ¡Puja de nuevo!, ¡puja ahora! —gritó desesperado.

Pearl lo hizo más por la urgencia que sintió en su voz que por las fuerzas, se agarró a la sábana y obedeció su mandato.

—Madre mía. —Le escuchó decir a Louise, quien miraba a los bebés, arrugados y morados.

—Es una camada de bebés —dijo Arthur mirando estupefacto cómo habían salido dos más.

—¿Qué ha pasado, doctor? —preguntó llorando.

—Eres madre de un varón y de dos niñas —contestó emocionado.

—¡Gracias, Dios mío! —susurró antes de desmayarse.

—¡Qué hermoso, doctor! —murmuró Louise a su lado mirando las tres caritas sonrojadas.

—¿Te gustaría tener hijos? —le preguntó si pensar, todavía mirando a las tres criaturas.

—Sí.

—¿No te dio miedo? —preguntó mirándola.

—Si luego voy a tener en mis brazos a mi hijo, vale la pena —contestó emocionada tomando al primero para arroparlo con la sabanita de algodón.

—Bajaré para que suban a limpiar a la duquesa, se ha desmayado, y no es para menos. —Arthur se dispuso a limpiar antes de bajar a hablar con su amigo. «Tuvimos suerte de que no se complicara el alumbramiento», pensó mientras limpiaba bien su vientre, asegurándose de que expulsara todas las impurezas.

Osbert se había mantenido al pie de las escaleras sentado en un escalón, incapaz de alejarse demasiado, con cada grito de su esposa había perdido años de vida, así que cuando sintió a Arthur sentarse a su lado el alma le salió del cuerpo.

—¿Está...?

—Todo ha salido muy bien, pero quería hablar contigo a solas —dijo pasándose la mano distraídamente por su rizado cabello cobrizo.

—Arthur…

—No debe volver a quedar embarazada…, no lo recomiendo —le dijo mirándolo serio.

Osbert asintió.

—El niño… —comenzó con temor.

Arthur pasó uno de sus brazos por su hombro y lo atrajo hacia él sonriendo.

—Me sorprendo de la hombría que están demostrando mis viejos amigos en el ocaso de sus vidas, primero Murray y ahora tú con trillizos, un varón y dos niñas —le dijo sonriendo al ver su cara de asombro ante la noticia.

Arthur lo detuvo al ver que se disponía a regresar al cuarto matrimonial.

—Déjala que la preparen, merezco un buen vaso de whisky —le dijo obligándolo a bajar y a acompañarlo a la biblioteca.

Pearl se sintió agradecida cuando las doncellas la ayudaron a acomodarse en los cojines, habían colocado los bebés en una sola cuna para que estuvieran calientes, habían enviado por unas nodrizas para alimentarlos. Los miró con añoranza, eran tan pequeñitos… El ladrido de Queen la hizo sonreír, la setter se coló en el cuarto, seguida de King y de sus cinco cachorras. Pearl la acarició dándole la bienvenida.

—Ahora yo también tengo una camada de bebés —le dijo sonriendo—, deberemos asignar un cachorro para cada uno de mis hijos, quiero que me ayuden a cuidarlos.

—*Pero supongo no todas serán hembras* —ladró

King subiéndose por el otro lado de la cama a saludarla.

—*¿Todavía me estás reprochando no haberte dado un hijo?* —le ladró molesta.

—*Lo hiciste a propósito* —le ladró amenazante.

—Juraría que están discutiendo —dijo mirándolos con suspicacia.

Osbert la miró desde la puerta mientras les sonreía a los perros, parecía un ángel entre todos aquellos almohadones blancos, cuando ella levantó su mirada y conectó con la suya pudo volver a respirar, las horas lejos de ella habían sido eternas. Entró despacio a la habitación y se detuvo frente a la pequeña cuna, que había sido utilizada por él y que su tía había hecho restaurar para su hijo.

Se quedó allí mirando embelesado las tres cabecitas juntas, sonrió al ver que todos eran morenos igual que él. Se giró a mirarla.

—Te has lucido, ninfa —le dijo acercándose, acomodándose con cuidado a su lado, King le había hecho un hueco, que agradeció; los perros dormían casi siempre a los pies de la chimenea.

—Tuve mucho miedo —le confesó abrazándose a su pecho.

—Yo estuve aterrado —admitió contra su cabello—, no hay nada que me aterrorice más que la idea de perderte.

Osbert la abrazó con fuerza deleitándose en tenerla de nuevo entre sus brazos, la acarició hasta que la sintió dormida, ya era Navidad, su tía insistía en una cena para celebrar y él había estado de acuerdo, para los duques de Cambridge siempre la Navidad sería un motivo de celebración. Mientras sus ojos se cerraban dio gracias por su familia, por su ninfa, que había traído luz a su vida gris y estéril, por haber tenido el valor de ir tras ella olvidando sus temores y encerrando sus demonios para que ya nunca más pudiesen gobernar sobre él.

## *Mientras tanto en la cuna...*

—¿No pueden dejar de estar cuchicheando todo el tiempo?

—No... —contestó la que estaba a su lado.

—No estamos en el mismo lugar que antes —intervino la otra.

—Me importa una mierda dónde estemos..., lo único que quiero es que se callen y me dejen dormir —le dijo exhausto por el incesante parloteo de las dos.

El marqués de Cambridge no tenía idea de lo que sufriría a manos de sus dos hermanas... Ya el tiempo le mostraría lo que significaba crecer solo entre dos arpías.

# El Principe y la Gitana
## (Adelanto)

Al norte de Londres, 1828

El lujoso carruaje negro tirado por cuatro purasangres negros se detuvo frente a la entrada del cementerio de Highgate. La fachada, de arquitectura egipcia, que constaba de dos columnas redondeadas a cada lado de la ovalada entrada, le daba al edificio un aspecto lúgubre y misterioso. El cochero, un hombre alto y enjuto, vestido con un uniforme formal negro, se dispuso a abrir la puerta.

Un hombre alto vestido de negro por completo bajó y se detuvo a mirar con desapego todo a su alrededor; sus ojos, de un azul bien claro, se pasearon por la acera desolada. Había elegido esa hora del día precisamente porque sabía que no se encontraría a nadie en el lugar, el sol estaba comenzando a salir.

—Espere aquí —le ordenó al cochero, que se mantenía apostado al lado de la puerta.

Se colocó su sombrero negro de copa y se adentró con paso seguro al interior del solitario cementerio. Sus botas negras resonaban por la gravilla mientras sorteaba las tumbas, muchas de ellas con cientos de años sin recibir una visita. Él sabía hacia dónde se dirigía, sus pasos eran firmes y seguros, sería la última vez que vendría a visitar la tumba.

Se detuvo frente a un roble ancho y frondoso, una tumba en mármol muy bien cuidada descansaba debajo de este. Tensó la mandíbula al mirar el epitafio.

—He venido a despedirme. —Su voz ronca resonaba en el silencio—. Ya no pienso seguir penando por una mujer que no tuvo las agallas para luchar por nuestro amor. —Sus palabras no coincidían con la frialdad de su tono. Sacó del bolsillo de su largo abrigo una cadena con un crucifijo y lo tiró sobre la lápida, resonó al caer—. ¡Te maldigo, Leonora! —le dijo con desapasionamiento—. Por llevarte mi alma…, por dejarme deambulando por la vida como si fuese un fantasma incapaz de sentir. Maldita la hora que te di mi corazón. —Miró por última vez la cadena, que había sido su pacto con ella, y se marchó sabiendo que ya jamás regresaría.

Se disponía a cruzar la acera cuando un pequeño cuerpo impactó contra el suyo haciéndolo casi caer.

—Lo siento mucho, milord —se excusó una dulce voz que lo puso alerta.

—Debería tener más cuidado —le increpó incorporándose, acomodándose el sombrero, que se había deslizado de un lado.

La joven que se estaba acomodando su brillante vestido violeta levantó su mirada, al verlo se llevó su mano llena de pulseras al pecho, sorprendida.

—¿Qué sucede? —preguntó entrecerrando la mirada.

—¡Eres tú! —exclamó clavando su mirada en él—. ¿Por qué entregaste tu alma? —preguntó acercándose.

—¿De qué habla? —preguntó sin comprender nada de lo que decía la joven.

—Señor, entre al carruaje…, la joven es una gitana —dijo el cochero al aproximarse.

Levantó su mano enguantada para que se mantuviera alejado, mientras él tomaba conciencia del peculiar atuendo de la joven, su mirada se detuvo en la rizada cabellera suelta sobre sus hombros, era alta si tomábamos en consideración que él era un hombre bastante alto.

—Has permitido que se llevara tu alma… —repitió acercándose más hasta un punto en que él pudo admirar el verde esmeralda de sus ojos, un extraño escalofrío lo recorrió y tuvo que, para su sorpresa, desviar la mirada.

—Creo que usted no se encuentra bien, señorita.

Brigitte sonrió y unos pequeños hoyuelos se dibujaron en sus mejillas, lo que lo hizo parpadear.

—Te ayudaré —le dijo llevando su mano al cuello, sacándose una cadena donde colgaba un rubí en forma de óvalo—. Toma, es lo único que poseo de mi madre, debes llevarlo junto a tu pecho. Un objeto de un alma pura…, la mía lo es —le dijo orgullosa.

Guillermo Federico de Hannover, duque de Gloucester, mejor conocido como príncipe de Gales, miró el rubí en su mano enguantada. Su mano se cerró involuntariamente sobre la joya.

—Ponla sobre tu pecho —le insistió, y salió corriendo.

—Espera, su nombre… —le pidió girándose antes de que se perdiera en la distancia.

—Leonora me ha enviado para pagar su deuda… —le dijo mirándolo antes de seguir su carrera.

Guillermo se quedó de pie allí viéndola perderse en la distancia, una fuerza mayor lo hizo arrancarse el lazo del cuello y abrir su camisa. Se quitó los guantes y los dejó caer sobre la acera, y temblando se colocó la cadena sobre su cuello, el roce de la piedra sobre su pecho le dio un corrientazo que lo hizo traspillar.

—Alteza… —El cochero lo miraba preocupado.

—¿Oíste todo? —preguntó girándose a mirarlo.

El hombre no respondió, se giró a mirar pensativo por donde se había perdido la joven.

—No se quite esa cadena, su alteza … —respondió recogiendo los guantes del suelo, abriendo la puerta para que se subiera.

Guillermo se subió todavía abrumado por lo que había pasado. El cochero cerró la puerta y se persignó mirando con temor a su alrededor, se había sorprendido de la aparición de la joven, habría jurado que apareció de la nada, él había estado muy atento a la salida del príncipe del cementerio, desde hacía quince años era una visita obligada y siempre lo hacían a la misma hora para evitar encontrarse con alguien.

¿De dónde había aparecido la joven? Y lo más importante: ¿cómo sabía el nombre de Leonora? La doncella se había suicidado quince años atrás…

# Orden de las novelas publicadas

1. LA TRAICIÓN DEL DUQUE DE GRAFTON
2. EL DUQUE DE CLEVELAND
3. UN MARIDO PARA MARY EN NAVIDAD
4. UN BUITRE AL ACECHO
5. LA DUQUESA DE RUTHLAND
6. UN CONDE SIN ESCRÚPULOS
7. LADY PEARL A LA CAZA DEL DUQUE DE CAMBRIDGE
8. UN MARQUÉS EN APUROS (MAYO)

Mis novelas deben ser leídas en orden porque no suelo repetir escenas y hay datos que menciono en las primeras novelas que te ayudarán a comprender mejor a los personajes. Este año abrí un espacio en la red social de Instagram, allí me encontrarás como Bea Wyc, es un espacio que utilizo para mostrarte el rostro de mis personajes, las próximas publicaciones y para contestar cualquier duda que tengas sobre mis historias. También tengo mi correo electrónico: wycbea51@gmail.com, donde podrás conseguirme y con mucho gusto respondo a cualquier duda.

Muchísimas gracias a todos por darle una oportunidad a mis historias, mi mayor objetivo es divertirme compartiéndolas con ustedes. Gracias por las opiniones, muy sorprendida con la aceptación. En mi perfil de Instagram está el listado de las novelas programadas para el 2021 y 2022. Para el 2023 ya hay cuatro en lista. ¡GRACIAS!

www.ingramcontent.com/pod-product-compliance
Lightning Source LLC
Chambersburg PA
CBHW071925150726
47999CB00001B/107